BRITT GLASER / BRIGITTE VOLLENBERG

MEISTENS IST ES MORD

18 KURZKRIMIS

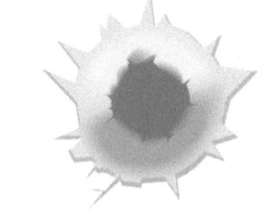

Bibliografische Informationen der Deutschen Nationalbibliothek:
Die Deutsche Nationalbibliothek verzeichnet diese Publikation in
der deutschen Nationalbibliografie; detaillierte bibliografische
Daten sind im Internet über http://dnb.dnb.de abrufbar.

© 2021 Brigitte Vollenberg, Britt Glaser
Herstellung und Verlag:
BoD – Books on Demand, Norderstedt

ISBN: 978-3-7543-3184-2

INHALT

AUF IN DEN WARMEN SÜDEN
Brigitte Vollenberg

Das letzte Golfturnier der Saison war beendet. Hannes be-
trachtete voller Stolz die Auswertung der Spielrunde. Han-
dicap -18,5 stand hinter seinem Namen. Er war zufrieden.
Carmen hatte sich über das Jahr verschlechtert. So richtig
Lust schien ihr das Golfspielen nicht mehr zu machen.
Schweigsam gingen die beiden zu ihrem Auto und zogen
die Golf-Trolleys hinter sich her.
„Das war von dir heute keine Glanzleistung", sagte Hannes.
„Dafür glänzt du umso mehr", konterte Carmen. „Es ging
heute einfach nicht."
Der Platz war herbstlich und schwer bespielbar gewesen.
Sehr viel Laub lag auf den Fairways und hatte so manchen
fremden Golfball und viele Bälle von Carmen unter sich
begraben. Das Laufen über die regenwasserdurchtränkten
Wiesen war schwer, die altbekannten Stellen des Platzes
matschig. Hannes schien es nichts ausgemacht zu haben,
das zeigte das Ergebnis.

Im Frühjahr hatten sich an den Teichen zwischen den Bahnen 3 und 5 mehrere Paare Graugänse ihre Nester gebaut.
Die Graugänseltern wurden später von einer kleinen Schar
Jungtiere begleitet, die das Fairway bis auf die Grasnarbe
abzupften. Die meisten Golfer nahmen keine Notiz von den
Vögeln, aber Carmen hatte großen Respekt vor ihnen. Ihre
Golfschläge an diesen Bahnen waren meistens unkoordinierte Hacker, weil sie von der Angst erfasst wurde, mit ihrem Ball eines der niedlichen Gänseküken zu treffen. Sie
zählte den Familienzuwachs bei jeder Begegnung.

Nicht selten war sie traurig, weil ein Fuchs oder auch ein Raubvogel zugeschlagen haben musste, denn es wurden immer weniger Tiere.

Der glückliche Rest des Nachwuchses hatte sich zu stattlichen Gänsen entwickelt. Den Sommer über waren an den Spielbahnen 3 und 5 die kanadischen Graugänse ein echtes Handicap gewesen. Besonders ihre Ausscheidungen hatten so manchen Golfer fluchen lassen und die Regel, die sich mit losen Naturstoffen, beweglichen und unbeweglichen Hemmnissen beschäftigt, kam oft zum Einsatz. Jetzt bereiteten sich die Tiere auf den ersten großen Flug in den Süden vor.

„Hast du die vielen Winterflüchtlinge auf dem Platz gesehen?", fragte Hannes. „Sie machen sich auf in warme Regionen, so wie wir morgen auch. Freust du dich wenigstens etwas?" Er wusste genau, dass Carmen lieber zuhause bleiben würde. Sie ärgerte sich über seine Frage.

„Glaubst du, meine Meinung ändert sich einfach so, von heute auf morgen?", fauchte sie ihn an.

Hannes nahm Carmens Antwort gar nicht wahr. Er hatte Uli auf dem Parkplatz entdeckt. Als Zeichen seines Sieges, den er heute errungen hatte, trug Hannes seinen Pokal zum Auto. Uli winkte ihm grüßend zu. Hannes hob den Metallkelch in die Höhe und schwang ihn durch die Luft.

„Herzlichen Glückwunsch!", rief ihm Uli über die Autodächer zu. „Respekt. Ich wünsche Euch eine schöne Zeit und viele schöne Golfrunden. Grüß mir die Algarve und frohe Weihnachten. Habt ihr die Koffer schon gepackt? Ich beneide euch. Hab noch zwei Jahre, dann bin ich auch Rentner und mach´s wie die Zugvögel."

Carmen grüßte Uli nur flüchtig.

Sie hatte mehr als einmal in den letzten Wochen vorgeschlagen, diesen Winter zuhause zu verbringen. Sie wollte auf Weihnachtsmärkte gehen, in den Himmel starren und auf Schnee hoffen und richtige Winterspaziergänge machen.

„Keine Chance!", hatte Hannes gesagt, „wir fahren an die Algarve."

Auch zu einem Kompromiss war er nicht bereit. Sie hatte ihm vorgeschlagen, er solle sich ins Flugzeug setzen und vorausfliegen.

„Ich komme nach", hatte sie gesagt. „Stell dir vor, du kannst den ganzen Tag Golf spielen und brauchst auf mich keine Rücksicht zu nehmen."

Gedacht hatte sie, in deinem Golftag komme ich sowieso nicht vor und darum wäre ich lieber zuhause, hier bei meinen Freundinnen. Schönes Wetter und angenehmes Klima und Golf sind nicht alles im Leben. Außerdem hasse ich es, mit dir über den Platz zu gehen und ständig kritisiert und gemaßregelt zu werden. Ich habe andere Pläne. Warum fährst du nicht allein? Ich will nicht mit. Aber sie sagte nichts.

Carmen beobachtete Hannes von der Seite. Hannes schnaubte wütend und wandte sich ab. „Ich will mit dir darüber nicht mehr sprechen. Du fährst mit, basta", sagte er. „Ich will, dass du jetzt mit dem Genörgel aufhörst, allein hierzubleiben kannst du dir abschminken. Ich hoffe, du hast mich verstanden."

Ja, sie hatte verstanden, wie sie ihn immer verstanden hatte. Er verfügte über ihr Leben und nicht sie. Niemand zeigte Verständnis, wenn sie andeutete, dass sie lieber im winterlich kalten Deutschland bleiben würde. „Oh, an die Algarve, wie schön. Du bist zu beneiden", hörte sie nur. Niemand ahnte, dass es nicht an der Algarve lag, sondern an Hannes. Hannes war an allen Orten der Welt schrecklich, dominant, bestimmend und kompromisslos. Er war der Entscheidungsträger und er legte fest, was in ihrer Ehe passierte. Sie war sein Anhängsel und hatte gefälligst keine eigene Meinung zu haben.

„Mein kleines Dummchen", hatte er neulich auf einer Party gesagt. „Überlasse das Denken denjenigen, die etwas davon verstehen." Ihr wurde jetzt noch ganz übel, als sie daran dachte, wie die mitleidigen Blicke anderer Gäste sie trafen.

Carmen zog ihre Golfschuhe aus und schlug die Sohlen gegeneinander. Die letzten Grasreste, die zwischen den Spikes festsaßen, fielen zu Boden.

Der Himmel verdunkelte sich und ein lautes und eindringliches Geschnatter war zu hören. Wie im Tiefflug zog ein riesiger Gänseschwarm über den Parkplatz hinweg und schraubte sich hoch in die Lüfte. Es war unheimlich. Die Vögel entfernten sich Richtung Driving Range. Sie formierten sich. Wie eine große dunkle Pfeilspitze setzten sie sich vom herbstlichen Himmel ab. Fasziniert schaute Carmen den gigantischen Vögeln nach. Seid ihr frei? Fliegt ihr freiwillig in den Süden? Hab ihr es in den Genen oder bringen es euch die Eltern bei? Dürft ihr auch hierbleiben? Dürft ihr selbst entscheiden?

„Steig ein, mir ist kalt", rief Hannes und riss Carmen aus ihren Gedanken.

Es war dunkel draußen. Carmen musste ihren kleinen Fiat in die Einfahrt stellen. Hannes Auto nahm die ganze Fläche der Doppelgarage ein. Das Tor war geschlossen und die flackernden Neonröhren verbreiteten ein unangenehm helles Licht. Alle vier Autotüren waren geöffnet und der Kofferraumdeckel reckte sich in die Höhe. Hannes stellte sich der Aufgabe, das Auto zu packen. Der große schwarze Mercedes sah aus wie eine startende kanadische Graugans. Carmen durfte alles bereitstellen. Sie als Frau war zu dumm, um ein logistisches Problem in dieser Größenordnung zu lösen. Das Golfbag hatte er ihr wieder vor die Füße gestellt. „Da ist der Dreck von gestern noch dran", hatte er gesagt. „Saubermachen", kurz und knapp. „So kommt mir das nicht ins Auto."

Sie bearbeitete ihren Driver, tauchte ihn ins Wasser ein und schrubbte den getrockneten Matsch ab. Sie nahm ein weiches Tuch zur Hand und rieb den Schläger liebevoll trocken und polierte ihn. Ihre Hände umschlossen kurze Zeit später den Griff, perfekt, so wie der Trainer es ihr beigebracht hatte. Konzentration, Rückschwung, Innehalten, Durchschwung. Es wurde ein perfekter Drive. Das Geräusch im Treffmoment hörte sich allerdings anders an als üblich.

Carmen meldete sich zum Martinsgansturnier an. Niemand hatte mehr mit so wunderbaren Spätherbsttagen gerechnet. Die Sonne strahlte vom azurblauen Himmel. Es war kalt und Carmen zog zum ersten Mal ihre Wintergolfhandschuhe an. Als sie an der Bahn 3 am Abschlag stand und ihre Schlagposition einnahm, kam eine einsame kanadische Graugans über die Wiese gewatschelt. Die Gans blieb neugierig stehen und sah Carmen durchdringend an. Ich bin in diesem Jahr hiergeblieben, genau wie du, dachte Carmen. Ich werde das Nikolausturnier mitspielen und

auch endlich einmal an der Damenweihnachtsfeier teilneh-
men. Ein perfekter Drive beschert nicht nur Pokale, sondern auch Freiheit.

ERFÜLLTE WÜNSCHE
Britt Glaser

Es war nun schon die vierte Verabredung in dieser Woche. Mit jeder wuchs die Enttäuschung, weil es nie der war, den sie suchte. Dabei hatte Sabine die Anzeige in der Internet-Partnerbörse ganz auf ihn zugeschnitten.

Ein Mann um die dreißig betrat das Café und brachte eisige Kälte mit herein.

Gutaussehend, groß, breitschultrig. Sie betrachtete ihn eingehend und dachte euphorisch: „Ja, das ist er! Diesmal habe ich Glück."

Suchend blickte er sich um und ging zu ihr.

Sie lächelte und ihr Herz klopfte heftig, als er fragte: „Bist du Sabine?"

„Ja, die bin ich!", sagte sie und versuchte, nicht aufgeregt zu klingen. „Und wenn du Georg bist, haben wir ein Date."

Er setzte sich ihr gegenüber und sie begannen ein Gespräch. Es lief immer auf das gleiche Schema heraus. „Was machst du beruflich? Hast du Hobbys?", und ganz wichtig noch das Nachhaken, ob Kinder vorhanden sind, die man beim Internetauftritt vielleicht verschwiegen hatte. Sabine grinste innerlich über diese Gemeinsamkeiten der Männer. Nach zwei Tassen Cappuccino redeten sie bereits wie alte Freunde, über die vergebliche Suche nach einem Partner, über Singlepartys, Zeitungsanzeigen und Internet.

„Bei den meisten Frauen war ich enttäuscht, als ich ihnen wirklich begegnet bin", verriet Georg. „Manche wollten nur Absicherung, die sprachen gleich von Heirat."

„Und was suchst du?", fragte Sabine, ohne den Blick von ihm zu nehmen.

Ganz kurz huschte ein Ausdruck über sein Gesicht, der Sabine nicht fremd war. Sie glaubte, seine Gedanken lesen zu können.

Hatte Christian sie auch so angesehen, überlegte sie wehmütig und zählte die Monate, die sie nun schon ohne ihn verbrachte. Es war bereits ein halbes Jahr her, dass sie ihn verlassen hatte. Manchmal gab es Augenblicke, in denen sie zutiefst bereute, sich von ihm getrennt zu haben. Sie liebte ihn noch immer, aber es war nicht anders machbar.

„Ich habe das Alleinsein satt", unterbrach er ihre Gedanken. „Ich möchte gemeinsam etwas unternehmen, mit einer Frau, die mich versteht und bei der ich mich anlehnen kann. Ich möchte wissen, dass immer jemand auf mich wartet, sich mit mir aufs Wochenende freut. Und was suchst du?"

„Ich suche einen Mann, der Weihnachten mit mir feiert. Mit dem ich gemeinsam koche, Wein trinke und am Abend ordentlich poppe", vertraute Sabine ihm an und sah die vergangenen sechs Jahre mit Christian vor sich, an die sie sich gern zurückerinnerte.

Georg grinste breit, fast schon siegend.

Sabine lächelte verlegen und sie merkte, wie ihr die Hitze ins Gesicht stieg. „Was soll ich drum herumreden, wir sind doch beide schon drei Mal sieben. Im Grunde suchen wir doch alle dasselbe. Oder?", sagte sie. Sie beschlossen, ein Restaurant aufzusuchen, und verließen das Café. Eisige Luft empfing sie auf der belebten Fußgängerzone. Von den Weihnachtsmarktbuden strömten Musik und leckere Gerüche herüber.

„Für die richtige Weihnachtsstimmung muss es nur noch schneien", sagte Sabine leise.

Georg legte einen Arm um ihre Schultern, drehte behutsam

ihren Kopf zu sich herum und blickte ihr in die Augen. Arm in Arm gingen sie über den Weihnachtsmarkt.

Später fuhren sie mit Sabines Wagen.

Auf dem Parkplatz vor dem Restaurant bat sie: „Geh schon mal vor, ich muss noch kurz einen Anruf tätigen. Meine Freunde haben immer Angst, wenn es um Internetbekanntschaften geht. Vielleicht bist du ja ein gefährlicher Triebtäter, der seine Opfer übers Internet aussucht?!"

Sie öffnete ihre Handtasche, holte ein Handy hervor und tat so, als suche sie im Menü eine Nummer. Georg überquerte den Parkplatz und verschwand im Restaurant.

Das Handy fand seinen Platz wieder in der Handtasche. Sabine beugte sich über den Beifahrersitz zum Handschuhfach, schob CDs und die dicke Bedienungsanleitung fürs Auto beiseite. Griff nach der Pistole, deren langer Schalldämpfer das schwarze Ding wie ein Spielzeug aussehen ließ. Geübt wurde der Schalldämpfer abgeschraubt und beide Teile in der Handtasche verstaut.

Christian hatte immer eine Abneigung gegen Waffen gehabt. So war das Besorgen dieser Pistole einer der ersten Einkäufe, die sie tätigte, nachdem sie ihn verlassen hatte. An so etwas heranzukommen war einfacher, als sie angenommen hatte. Es kostete nur ein wenig Überwindung, einen Taxifahrer am Bahnhof zu fragen, ob er jemanden kennen würde, der eine Waffe mit Schalldämpfer verkaufte. Für Geld gab es eben alles, nur eine reine Seele und eine andere Vergangenheit konnte man sich nicht kaufen.

Sabine ging zum Restaurant. In der Luft lag Schneegeruch. Der Himmel hatte ein Grau angenommen, das trotz der Dunkelheit zu leuchten schien.

Bitte, lass es schneien, Herr im Himmel, dachte sie und

betrat das Lokal.

Georg nahm ihr die Jacke ab und hängte sie an die Garderobe, neben seine.

Kaum saßen sie, kam der Kellner mit zwei Gläsern Champagner.

Sabine betrachtete Georg, während sie sich zuprosteten. Das Gefühl, bei ihm am Ziel der Wünsche angelangt zu sein, wuchs ins Unermessliche. Seine breiten Schultern, sein ach so perfektes Gesicht. Es raubte ihr fast den Atem und sie konnte es kaum erwarten, mit ihm allein zu sein.

„Möchtest du mich betrunken machen?", fragte sie.

„Nein, natürlich nicht, ich bin doch anständig", erwiderte er und strich sanft über ihre Wange.

Sabine legte ihre Hand auf seine. Wäre der Tisch nicht zwischen ihnen, hätte er sie an sich gezogen, das Gesicht in ihrem Haar vergraben, ihren Geruch aufgesaugt. Seine Lippen hätten ihre Schultern berührt, den Hals, die Wange. Das fühlte sie, das sah sie.

Aber vielleicht war es auch nur das, was sie erwartete.

Beim Essen erzählte Sabine Erfundenes über ihre Kindheit, Georg schien bei der Wahrheit zu bleiben.

Er erkannte Sabine nicht, obwohl sie vor langer Zeit in der gleichen Siedlung gewohnt hatten. Damals himmelte sie ihn an, wie jedes andere Mädchen auch. Jede wollte mit ihm zusammen sein. Er sah verdammt gut aus, wie auch heute noch.

So viele Jahre waren mittlerweile vergangen. Doch als Sabine von einer Bekannten erfuhr, dass er nicht verheiratet war und eine Partnerin übers Internet suchte, setzte sich der Gedanke in ihr fest, ihn wiederzutreffen. Gewiss war das der Auslöser, Christian zu verlassen, um in Ruhe über ihre

Pläne, Georg betreffend, nachzudenken.

„Möchtest du noch etwas trinken?", fragte er.

Sie nahm eine Cola, er einen Whisky.

„Ich muss noch fahren", sagte sie entschuldigend.

„Zu dir oder zu mir?", erkundigte er sich.

„Zu dir", hauchte sie und da war er wieder, dieser Ausdruck in seinem Gesicht.

Sie stand auf und ging zur Toilette, wobei sie ihm im Vorbeigehen sanft über die Schulter strich.

Mit neu aufgelegtem Lippenstift kam sie zurück, er sprang auf und half ihr in die Jacke.

„Ich habe zuhause einen guten Wein", flüsterte er und kam mit seinem Mund an ihr Ohr. Sie hörte seinen Atem. Spürte seinen flüchtigen Kuss.

Im Auto beugte sie sich zu ihm und küsste ihn.

Er erwiderte sofort, wobei sein Körper zu beben begann.

Sie hatte ihn dort, wo sie ihn hinhaben wollte. Sein Gehirn war nur noch von Hormonen beherrscht.

„Wo soll ich langfahren? Oder kennst du den Weg zu dir nicht mehr?", fragte sie und wusste, dass sie diesmal die Oberhand hatte.

Während der Fahrt strich er ihr übers Knie, immer höher. Fuhr mit der Hand zwischen ihre Schenkel.

„Lass das lieber, ich bau sonst noch einen Unfall", stöhnte Sabine mehr, als dass sie sprach.

Am Straßenrand stellte sie den Wagen ab und sie küssten sich heftig, denn endlich hatte sie ihn gefunden. Ab heute würde sich ihr Leben ändern.

Sie spürte ihr Blut pulsieren, seinen zitternden Körper, seinen festen Griff an ihrem Po.

Den Weg durch den Hausflur legten sie im Laufschritt

zurück. Sie konnte es kaum noch erwarten.

Die Tür endlich im Schloss, riss er ihr die Jacke herunter. Seine Hände waren plötzlich überall, unter ihrer Bluse, in ihrem Haar, zwischen ihren Beinen.

„Wir haben noch die ganze Nacht", hauchte Sabine, „öffne den Wein und nimm nur ein Glas, aus dem wir beide trinken. Wo ist das Bad?"

Nur widerwillig nahm er seine Hände von ihr.

Sabines Körper bebte nun mindestens so heftig wie seiner, noch niemals in ihrem Leben war sie so freudig erregt gewesen.

„Öffne den Wein, ich bin gleich bei dir."

Sie verschwand im Bad. Auf dem Wannenrand sitzend atmete sie tief durch.

Sie fühlte sich wie eine Schauspielerin bei einer Theaterpremiere, vorher herzrasende Aufregung und nun, wo das Spiel begonnen hatte, war sie innerlich ganz ruhig, voll konzentriert auf die nächste Szene. Auf ihren Part, für den sie alles in Bewegung gesetzt hatte. Den alles entscheidenden.

Die Waffe in den Händen, prüfte sie noch einmal das Magazin, schraubte gelassen den Schalldämpfer an und entsicherte. So wie es ihr der Verkäufer, ein junger Russe, gezeigt hatte, wie sie es seither jeden Tag wiederholte.

Langsam trat sie in den Flur und schlich zum Wohnzimmer. Leise Musik drang aus großen Boxen, das Licht war gedimmt. Zwei Kerzen brannten in silbernen Kerzenhaltern, daneben die Flasche Rotwein und ein Glas, dessen Flüssigkeit an Blut erinnerte.

„Du bist geschmackvoll eingerichtet", flüsterte sie.

Georg erhob sich und kam auf sie zu.

Nur nicht zu nah, dachte sie und richtete die Waffe auf ihn.

Mitten im Raum stockte er: „Was, was soll das …?"

„Ich möchte mich dir vorstellen, ich bin Sabine."

„Aber, aber … das weiß ich doch. Bitte mach nicht solche Scherze! Leg die Waffe weg!", verlangte er und gewann mit jedem Wort mehr von seinem sicheren Auftreten zurück. Er machte einen Schritt auf sie zu.

„Stopp! Geh wieder zurück!"

Er gehorchte, ging einige Schritte rückwärts.

„Ich bin die kleine Sabine, wir haben in der gleichen Siedlung gewohnt. Ich war verliebt in dich."

Sie blickte ihn durchdringend an, die Waffe in den Händen zitterte kaum.

„Du weißt es also nicht mehr", zischte sie. „Für dich war es ein nichtssagender Tag, aber mir hast du mein Leben damit kaputtgemacht."

Er stand nur da und sah sie an. Langsam mischte sich Angst in sein schönes Gesicht.

„Fast alle Kinder aus der Siedlung waren schwimmen. Nachdem ich aus der Umkleide kam, hattest du mich endlich mal bemerkt. Du liefst neben mir, schobst dein Fahrrad, machtest mir Komplimente und wir scherzten. Es war ein herrlicher Sommertag und ich war glücklich. Ich dachte mir nichts dabei, als du den weiteren Weg an den Feldern entlang nahmst, für den Weg brauchte man zu Fuß fast eine Stunde. Eine Stunde, in der wir beide zusammen sein konnten, reden, lachen, uns kennenlernen. Ich war so glücklich. Und dann …" Sie brach ab, und schluckte schwer. Fasste sich aber sofort wieder. „Das Fahrrad landete im Feld und du hast mich gejagt. Nach wenigen Schritten hattest du mich gefangen, warfst mich wie einen Sack über die Schulter und ranntest mit mir ins Kornfeld."

Mit weit aufgerissenen Augen starrte er sie an. „Sabine, das ist doch so lange her, es tut …“

„Halts Maul“, unterbrach sie ihn. „Du warst so viel stärker! Erst dachte ich, es ist nur Spaß. Aber als du auf mir lagst und dein T-Shirt auf mein Gesicht gedrückt hast, damit mich niemand schreien hört, da hatte ich Angst. Furchtbare Angst! So wie du jetzt.“

„Aber Sabine … Bestimmt hat es dir ein bisschen Spaß gemacht. Du warst doch verliebt in mich!“

Ihr Magen krampfte zusammen. Wenn sich vielleicht noch ein Quäntchen in ihrem Inneren sträubte, ihr Vorhaben auszuführen, dann war es in diesem Augenblick verschwunden.

Sie lächelte kalt. Immer wieder hatte sie sich ausgemalt, wie es wäre, ihm wieder zu begegnen, all die Jahre. Ihm Angst einzujagen. Wie ein Wildschwein, das von Hunden gejagt und von Jägern zur Strecke gebracht wird. Der Vergleich gefiel ihr, denn Georg war ein Schwein, nichts weiter, nur ein Schwein.

„Du hast mein Leben zerstört. Mein Verhältnis zu Männern. In jedem sehe ich einen Vergewaltiger! Normalität gibt es für mich nicht, immer habe ich diese Bilder von damals vor Augen. Spüre die Schmerzen. Meine Ehe ist zerbrochen. Und … willst du mich nicht fragen, warum ich dir das alles erzähle?“

Es funkelte in ihren Augen, als sie flüsterte: „Weil es das Letzte ist, was du hören wirst.“

In Georgs angespanntem Gesicht spiegelte sich Entsetzen.

„Bitte verzeih mir“, keuchte er, „ich wollte dir nicht wehtun. Ruf die Polizei, ich werde alles gestehen. Die sperren mich ins Gefängnis oder in eine Anstalt, ich habe es nicht anders verdient. Bitte."

Den Pistolenlauf auf ihn gerichtet, genoss sie, wie er versuchte, seinen Kopf aus der Schlinge zu ziehen. Sie ergötzte sich an seiner Angst. Ihrer Rache.

Er schien zu begreifen, dass es keinen Zweck hatte, mit ihr zu reden. Blitzschnell stürzte er in ihre Richtung und griff nach der Waffe. Dabei riss er vor Entsetzen den Mund weit auf, als ihn die erste Kugel traf.

Nun gab es für Sabine kein Zurück mehr. Sie entleerte das gesamte Magazin in Bauch und Brust.

Sie staunte, dass die Löcher in seinem Hemd nur winzig waren und das Geräusch der Schüsse kaum die leise Musik aus den Boxen übertönte.

„Auf jeden Fall hast du dein hübsches Gesicht noch", sagte sie triumphierend und beobachtete, wie sich eine Blutlache unter ihm bildete und immer größer wurde.

Sie riss einige Schubladen auf und nahm alles an kleinen Wertsachen und Geld mit, was sie finden konnte, es sollte nach Raub aussehen. Verstaute die Pistole wieder in der Handtasche. Lauschte einen Moment, ob etwas im Hausflur zu hören war, und zog dann die Wohnungstür mit dem Jackenärmel über der Hand ins Schloss.

Vor Erleichterung völlig berauscht lief sie zu ihrem Auto.

Dabei tanzten winzige Schneeflocken durch die Luft, verfingen sich in ihrem Haar.

„Heute gehen aber auch all meine Wünsche in Erfüllung", flüsterte sie der Nacht zu.

Auf dem Nachhauseweg beschloss sie, morgen Christian anzurufen und ihn zu fragen, ob er Lust hätte, mit ihr zusammen Weihnachten zu feiern.

Vielleicht würde ein neuer Anfang gelingen, diesmal ohne

verdrängte Geheimnisse.
Sie würde ihm alles erzählen, fast alles jedenfalls!

DIE SPROSSEN DER KARRIERELEITER
Brigitte Vollenberg

Die roten Karten, bedruckt mit Zahlen, wurden mehrmals in die Höhe gestreckt. Sie entschieden über die Zukunft. Ein Raunen ging durch die Menschenmenge. Die Schnellrechner ermittelten zügig, wer die Nase vorne hatte. Das Ergebnis stand fest. Trommelwirbel dröhnten aus den Lautsprechern. Der Moderator räusperte sich.

„Die Siegerin der heutigen Misswahl ist ... ist ... ist ... ist ...“ Das Echo der letzten Worte hallte durch die Gloria Diskothek: „Saraaah ...“ Kurze Begeisterungsrufe erklangen. Drei der Teilnehmerinnen trugen den Namen Sarah. Wie eine Lawine legte sich das in die Länge gezogene „a“ über die Gäste. Stille. Die Sekunden verstrichen. Eine knisternde Spannung erfüllte den Raum. Dann endlich. Die Auflösung. „Liebling ... ling ... ling ... ling.“

Die Fans von Sarah Liebling jubelten, applaudierten. Sie lagen sich in den Armen, grölten und schrien.

Sarah Ollenhaupt ließ Schultern und Kopf hängen. Sie kämpfte mit den Tränen. Sarah Lopez demonstrierte ihre Niederlage mit einer geballten Faust und einem gestreckten Mittelfinger. Die schlanke langbeinige Auserkorene, Sarah Liebling, sprang im pinkfarbenen Bikini und rosaroten Stilettos auf der Stelle. Sie riss die Arme hoch. Ihr Busen hüpfte im Rhythmus der Musik und im Rausch des Erfolges stieß sie Begeisterungsschreie aus.

Eine fachkundige Jury aus Vertretern der Unterhaltungsbranche der nahen Kreisstadt sowie ein regionaler Veranstalter von Ü-30-Partys und der Inhaber der Diskothek Prisma und der Betreiber der Bar Paradise, zählten zu den

Entscheidungsträgern. Den weiblichen Part in der Jury hatte die Chefin des Schönheitssalons Inselträume übernommen, die sich mit ihrem Salon den langersehnten Traum der Selbständigkeit erfüllt hatte.

Sarah Liebling durfte nun für zwölf Monate den Titel „Schönheitskönigin-Gloria-2021" tragen. Sie senkte ihr Haupt. Vertreter des Gloria-Managements steckten ihr das Krönchen in die lockigen Haare und legten ihr die Schärpe um. Diese verdeckte einen Teil ihres Körpers und den winzigen Bikini und suggerierte dem Betrachter komplette Nacktheit.

Der Sieg beinhaltete zudem eine Bargeldprämie von 1.000 Euro und den Vertrag für ein Fotoshooting eines umsatzstarken Werbewandkalenders der Brummi-Branche.

Auf der Bühne enttäuschte Gesichter der Unterlegenen. Sie gratulierten der Siegerin zaghaft und jeder Gesichtsausdruck spiegelte die Frage: Was hat die, was ich nicht habe?

Vor der Bühne waren die Begleitpersonen der neuen Schönheitskönigin von den Stühlen hochgesprungen. Sie lagen sich in den Armen, reckten die Fäuste in die Luft. Der Fanclub von Desiree, der Zweitplatzierten, vermied anerkennende Reaktionen. Sie steckten die Köpfe zusammen und tuschelten aufgeregt miteinander. Wortfetzen wie Schiebung und Bestechung wurden laut. Desiree kletterte von der Bühne und ging barfuß, die schwarzen Pumps in der Hand, auf ihre frustrierte Gefolgschaft zu. Tränen rannen über das Gesicht und sie fröstelte in der spärlichen Bekleidung. „Scheiße, verdammte", schrie sie ihr Mäzen an. „Musstest du beim letzten Walk ausgerechnet umknicken? Blöde Kuh, alles umsonst, die vielen Sitzungen im Schönheitssalon, die teuren Klamotten. Über den Catwalk bis du geeiert wie, wie, wie ..." Ihm fiel gerade kein passender Vergleich ein. „Wie eine schwangere Ente", rief jemand aus der zweiten Reihe. Desiree schluchzte, rieb sich durch das verheulte Gesicht. Wimperntusche breitetc sich aus. „Du solltest zu dem Fotoshooting gehen, alles war arrangiert. 10.000 Kalenderbestellungen waren uns sicher. Glaubst du, die schieb ich jetzt dem Klabun rüber, diesem Idioten?"

Sarah Liebling indes gab ein kurzes Interview. Ihr Protegé Oliver Klabun stand an ihrer Seite. Er trug einen dunklen Anzug, schicke Lackschuhe und ein zart lilafarbenes Hemd. Eine Spur zu weit geöffnet gab es den Blick auf seine üppige Brustbehaarung frei. Er schlüpfte sofort in die Rolle des Managers.

„Bitte nur ein Bild", richtete er sich an den Pressefotografen. „Weiteres Fotomaterial kann ich Ihnen gerne zur Verfügung stellen. Gegen Gebühr versteht sich. Zum Fotoshooting ruf ich Sie an, geben Sie mir Ihre Karte. Es wird auf meiner Tankstelle stattfinden, draußen an der Kurt-Schumacher-Straße, kurz vor der Auffahrt zur Autobahn."

Er beendete das Gespräch mit dem Zeitungsfritzen, griff Sarah Lieblings Hand und zog sie mit sich durch die Massen. „Warte, nicht so schnell!", rief Sarah, die in ihrem unbequemen Schuhwerk Oliver nicht folgen konnte. „Wo willst du mit mir hin?" Oliver drückte Sarahs Körper ganz fest an sich. „Herzlichen Glückwunsch", rief jemand. „Ja, von mir auch", sagte eine andere Stimme.

„Wohin wohl?", fragte Oliver. „Ich will mit dir den Sieg feiern. Unseren Sieg. Wir fahren zu mir. Wir kommen später wieder hierher zurück und werden abtanzen, bis der Arzt kommt."

„Aber ich will mir schnell was anziehen", rief Sarah.

„Nicht nötig, meine Schönheitskönigin", sagte Oliver. „Je weniger du anhast, um so weniger muss ich dir ausziehen. Aber das Ding in deinen Haaren musst du unbedingt auflassen. Ich habe bisher noch nie eine Schönheitskönigin flachgelegt." Er zog Sarah hinter sich her zu dem bereitstehenden Sportwagen.

Der Zeitpunkt nahte, an dem Sarah ihren makellosen Körper in reizvolle Outfits zwängen musste, um sich vor der Kamera eines Profifotografen zu präsentieren. Der Brummi-Kalender musste rechtzeitig auf den Markt kommen.

Zwei riesige auf Hochglanz polierte Brummis parkten auf dem Gelände der Tankstelle. Einige hundert Meter Wimpelgirlanden schmückten Gebäude und Zaun. Der Kreisstadtanzeiger hatte zugesagt, jemanden vorbeizuschicken und auch die regionale unabhängige Tageszeitung hatte ihr Kommen versprochen. Der Fotograf mit seinem Team begutachtete das Tankstellengelände auf der Suche nach den besten Plätzen für das Fotoshooting. Immerhin mussten 12 unterschiedliche, perfekte Fotos am Abend im Kasten sein.

Sarah hatte den Vormittag damit zugebracht, sich vorzubereiten. Aerobic vor dem Fernseher, ihre tägliche Fitnesspflicht. Anschließend eine kleine Portion UV-Strahlen auf der Sonnenbank. Die Visagistin aus dem Salon Inselträume schminkte Sarah und kümmerte sich zusätzlich um ihre unbändigen Locken. Das Preisgeld war schnell ausgegeben. Sarah hatte alles in neue Klamotten investiert. Oliver zeigte sich großzügig und hatte etwas Bares draufgelegt. Schuhe waren ja so teuer.

Sarah hatte ihre Tasche mit verschiedenen Outfits gepackt, als Oliver sie abholte. Er hatte ihr versprochen, mit dem Cabrio vorzufahren. Sie präsentierte sich perfekt in hautenger schwarzer Latexhose und trug mit Pailletten besetzte High Heels. Ihren üppigen Busen rückte sie in dem knappen schwarzen Bikinioberteil zurecht. Schärpe und Krönchen durften nicht fehlen.

Oliver begutachtete ihr Aussehen. Er formte die rechte Hand zur Faust und richtete den Daumen nach oben.

Sarah Liebling und Oliver Klabun hatten Desiree und Gefolge zum kleinen Sektempfang an die Tankstelle gebeten. Ob sie die Einladung annehmen würden? Zeigten sie sich als faire Verlierer?

Sarah schmiegte sich an die roten Ledersitze des weißen Cabrios. Sie setzte eine Sonnenbrille auf und schaute in den Spiegel der Sonnenblende. Zum wiederholten Male zog sie ihre Lippen in grellem Rot nach.

„Gleich, kurz bevor wir auf die Tankstelle auffahren, halte ich an. Du setzt dich hinten auf das zusammengefaltete Verdeck, nimmst deine Pose ein. Wir werden ganz langsam, so wie es einer Schönheitskönigin gebührt, an meiner Tanke vorfahren. Maxe legt eine flotte Scheibe ein. Ich will, dass die Mucke die ganze Straße beschallt. Alle werden staunen!", sagte Oliver Klabun.

Sarah war begeistert. Sie erhoffte sich von diesem Fotoshooting mediale Aufmerksamkeit. Der Durchbruch als Fotomodell schien vorprogrammiert.

Oliver ließ den Motor aufheulen, trat mehrmals auf das Gaspedal. Er kündigte das Kommen der Schönheitskönigin Sarah Liebling an seiner Tankstelle an. Viele Menschen erwarteten sie: Fans, Freundinnen, Tankstellenmitarbeiter, Neugierige des nahegelegenen Supermarktes. Passanten, die zufällig an der Tankstelle vorbeiliefen, blieben interessiert stehen. Sie alle säumten die Zufahrt zur Tankstelle.

Sarah winkte erhaben. Ihr Lächeln wirkte eingefroren und aufgesetzt. Professionell halt. Stets auf der Hut, keine Gelegenheit zu verpassen, lächelte sie in alle Kameras. Sie hatte die ersten Sprossen der Karriereleiter erklommen. Von jetzt an ging es steil bergauf, da war sie sich sicher.

Oliver hielt an. „Maxe!", brüllte er in sein Handy. „Wo bleibt die Mucke? Muss ich hier alles selber machen?"

Es knackte in den Boxen. Explosionsartig erklang Musik.

Für die zarten Hundeohren des Dackels, der auf dem Bürgersteig, direkt unter der Lautsprecherbox brav neben seinem Frauchen saß, war dieser plötzliche Krach zu viel. Er sprang ruckartig auf, riss sich los und raste wie wild davon. „Paddy!", rief die verzweifelte alte Dame. „Paddy, bei Fuß!"

Paddy sprang über das Blumenbeet zwischen Tankstelle und Bürgersteig, lief mit schleifender Leine auf das weiße Cabrio zu. Oliver konnte im letzten Moment bremsen und der Hund schaffte es knapp, nicht unter den Rädern des Sportwagens sein Leben zu lassen. Er verdankte sein zukünftiges Sein Olivers Reaktion. Hilferufe gingen in der Partymusik unter. Während Paddy dem Hundehimmel entkommen war, war die Schönheitskönigin Sarah Liebling durch das abrupte Bremsmanöver erst nach vorne gefallen und vor die Kopfstütze geprallt. Beim Lösen der Bremse sah die Menschenmenge, wie Sarah sich rückwärts über die

Kofferraumhaube abrollte. Ihre Beine mit den pailletten-besetzten High Heels flogen durch die Luft. Sarah blieb regungslos am Boden liegen.

Aus der Ferne kündigte das Martinshorn den Krankenwagen an. Die Umherstehenden, potentielle Ersthelfer und Gaffer, hatten das Ihre bereits erfüllt. Die einen zückten ihre Handys und schossen Unfallfotos und die anderen legten Sarah in die stabile Seitenlage.

Desiree, mit einem Gläschen Sekt in der Hand, stockte der Atem, als sie Sarah durch die Luft wirbeln sah. Ihr Körper verkrampfte sich nur kurz.

„Adieu, liebe Sarah. Adieu und auf Nimmerwiedersehen", flüsterte sie. Welch glückliche Fügung, Sarahs Einladung angenommen zu haben, dachte sie. Desiree gesellte sich zu dem Profifotografen, nahm Kontakt auf. Sie blätterte durch ihren Terminkalender. Für sie begann gerade ihre Karriere. "Business as usual."

UNERWARTETER BESUCH
Britt Glaser

Maik fuhr viel zu schnell durch die Tempo-30-Zone. Da hält sich eh niemand dran, dachte er. Und warum schickt mich Jenny ausgerechnet in diesen Laden? Am Freitagabend, nach der Arbeit!

Er mochte das Geschäft nicht, ging lieber in die großen Discounter und nahm abgepacktes Fleisch. Dort gab es auch von den Verkäufern, falls man mal einem begegnete, keine Fragen wie: „Darf es auch etwas mehr sein?" oder „Ist Ihnen dieses Stück recht?". Er hasste diese aufgesetzte Freundlichkeit.

Doch es war so abgemacht, dass er an diesem Freitag den Einkauf erledigte. Jenny hatte ihm alles aufgeschrieben und dort hingeschickt, wo es laut ihrer Aussage angeblich das beste Fleisch weit und breit gab. Natürlich an der Frischetheke.

Maik tat, was seine Angetraute verlangte. Als er endlich das Geschäft erreichte und auf den Parkplatz fuhr, begann die Suche nach einer Parklücke. Sein Blutdruck stieg langsam immer höher. Dann endlich entdeckte er einen freien Platz, es war der letzte und nur fünf Autolängen von ihm entfernt. „Geht doch", sagte er und gab Gas. Im selben Augenblick fuhr ein weißer Porsche heran, der Fahrer setzte den Blinker und schnappte ihm die Parklücke vor der Nase weg. Maik musste die Bremse durchtreten und rief: „Du Penner! Hier ist Einbahnstraße, man müsste dir in deine Prollkarre fahren." Sein Blutdruck stieg erneut. Doch die Beschimpfungen verhallten im Wagen, denn nicht mal eine Scheibe war geöffnet.

Aus dem Porsche stieg ein junger Mann und lief leichtfüßig Richtung Laden. An der Hand eine große, bis zum Bersten mit Leergut gefüllte Einkaufstasche. Der Parkplatzklau wäre ja noch verkraftbar gewesen, doch was gar nicht ging, war das überdimensionale Emblem eines Fußballklubs auf der Tasche, dessen Namen er nicht in den Mund nahm. Die schwarzen Zeichen auf gelbem Hintergrund schmerzten in Maiks Augen und er tat seine Abneigung kund: „Pfui Zecke! Was auch sonst? Dass der sich so auf die Straße traut."

Hinter Maik drückte ein Autofahrer auf die Hupe. „Ist ja gut!", maulte er und fuhr langsam weiter. Nach zwei Runden über den Parkplatz fand auch er eine Parklücke.

In seiner Ehre noch immer gekränkt, überlegte Maik, einmal mit seinem Autoschlüssel am Porsche entlangzuziehen. Sein Verstand sagte ihm allerdings, dass es hier womöglich zu viele Zeugen gab. Stattdessen griff er in den Kofferraum nach dem Beutel mit seinen Pfandflaschen. Sein Ziel war es, den Einkauf so schnell wie möglich hinter sich zu bringen.

Beim Pfandautomat sah er den Parkplatzdieb mit dem Zeckenbeutel wieder. Mehrmals musste er tief durchatmen und versuchte das schwarzgelbe Symbol zu übersehen. Maik wuchs zwar nicht in Gelsenkirchen auf, doch sein Herz gehörte seit Anbeginn seines Lebens den Schalkern. Es war Familientradition, die bereits sein Vater und sein Opa lebten.

Maik würde der Zecke zu gern einmal kräftig mit dem Einkaufswagen in die Hacken fahren, das hatte er nun wirklich verdient. Zumal er jede Flasche wie im Schneckentempo in den Automatenschacht schob, dass Maik schon befürchtete, um Mitternacht hier noch nicht raus zu sein.

Was kann man von so einem schon verlangen, beruhigte

Maik sich selbst, schließlich fängt das Nummernschild auf dem Porsche auch noch mit BOR an, ein „Bauer Ohne Rücksicht" und dann noch für den falschen Verein, da kann man ja nur Mitleid haben.

Endlich machte der Bauer Platz und Maik steckte seine Plastikflaschen – immer den Flaschenboden zuerst – in den Pfandautomaten. Danach navigierte er den Einkaufswagen durch die viel zu engen Gänge, um ihn mit Zwiebeln und Karotten zu füllen. Weiter ging es Richtung Fleischtheke.

Der Parkplatzdieb und Bauer ohne Rücksicht verabschiedete sich gerade überfreundlich mit schmeichelnden Worten von der Bedienung.

„Vier Schnitzel", sagte Maik, der sich nach Fleisch in einer Plastikverpackung sehnte, die er einfach nur aus der Kühlung nehmen musste.

„Das tut mir leid, die letzten hat der Kunde vor Ihnen genommen, aber morgen bekommen wir wieder frische Ware", sagte die Verkäuferin.

„Das nützt mir aber nichts, ich brauche sie heute Abend. Ach, dann nehme ich eben Kotelett, da kann meine Frau den Knochen rausschneiden, sind doch dann auch Schnitzel, oder?"

„Na ja …", sagte die Verkäuferin und Maik unterbrach: „Egal, ich nehme Koteletts." Dann bestellte er noch Aufschnitt, wie es auf dem Einkaufszettel stand. Eilig ging er weiter, zum Kühlregal. Sahne und Milch sowie Getränke und Chips-Tüten füllten den Wagen. Endlich konnte er zur Kasse und stellte sich als Letzter an die Schlange der Wartenden.

„Entschuldigung, aber ich war zuerst hier, hab nur noch was nachgeholt", sagte ein Kunde in barschem Ton und schob den Einkaufswagen an Maik vorbei und quetschte sich in die Reihe.

Blödmann, dachte Maik und löste seinen Blick vom Einkaufszettel, den er noch einmal durchging, damit er auch wirklich nichts vergessen hatte. Da erkannte er vor sich den Porschefahrer, samt „Borussen-Tüte", die provokativ am Einkaufswagen baumelte. Tief atmend sah Maik zu, was der Bauer auf das Transportband der Kasse legte. Eine Tüte mit Fleisch, mehr nicht! Doch das Schlimmste daran, in der Tüte waren seine Schnitzel. Der hatte sich nur vorgedrängelt. Maik durchschaute den Kerl und ballte die Hände zu Fäusten. Einatmen und ausatmen, einatmen und ausatmen war die Devise, um bloß nicht handgreiflich zu werden oder zu platzen. Maik bezahlte und warf die Sachen in den Einkaufswagen. Eilig spurtete er zum Ausgang, doch der „Bauer ohne Rücksicht" machte seinem Namen alle Ehre, sein Einkaufswagen stand quer vor der Ausgangstür und er daneben. Studierte den Kassenbon, dabei war der bestimmt nicht interessant, da ja nur die Schnitzel, Maiks Schnitzel, darauf standen. Wäre er doch nur etwas schneller gewesen.

Maik dachte nicht daran, seinen Schritt zu verlangsamen, und kickte mit seinem Wagen den Einkaufswagen seines Gegners scheppernd zur Seite. Zwar kullerte in seinem Einkaufswagen alles Gekaufte durcheinander, aber Maik hatte seine Genugtuung, besonders als der Borusse laut „Au" schrie.

Endlich war der Einkauf im Kofferraum verstaut. Das Schlimmste war also überstanden! Nun hieß es nur noch, nach Hause ins wohlverdiente Wochenende.

Die letzten Arbeitstage waren anstrengend gewesen, der

Chef hatte wieder so viel Arbeit auf ihm abgeladen, dass er sie kaum bewältigen konnte. Zu allem Überfluss schlichen sich in der entstandenen Hektik auch noch Fehler ein. Der Abteilungsleiter bemerkte die Entgleisungen und hatte nichts Besseres zu tun, als Maik vor den Augen aller Kollegen bloßzustellen.

Dieses Wochenende brauchte Maik verdammt dringend. Er würde sich gleich eine Flasche Wein öffnen und fernsehen, dann irgendwann ins Bett gehen und morgen lange schlafen. Die Straße nach Hause war mit siebzig Stundenkilometer ausgeschildert, doch Maik drückte aufs Gas und war mit fast hundert Sachen unterwegs. Da veranlasste ihn der Wagen vor ihm, zu bremsen. Es war kein geringerer als der weiße Porsche.

„Lahme Krücke, gib doch mal Gas! Hier ist siebzig!", rief Maik aufgebracht und hupte. Der Porsche schlich mit fünfundvierzig Stundenkilometern vor ihm her. Maiks Halsschlagadern dehnten sich ins Unermessliche. „Hätt´ ich doch jetzt ´ne Waffe", flüsterte er und gab Gas zum Überholen. Neben dem Wagen kam Maik plötzlich nicht mehr weiter, da der Porschefahrer auch Gas gab. Scheinwerfer des entgegenkommenden Wagens leuchteten mehrmals vor ihnen auf. Maik trat die Bremse und ordnete sich wieder hinter dem Bauern ein.

„Du blödes Arschloch, dir werd ich´s zeigen", murmelte er und trat das Gaspedal bis zum Anschlag durch. Die linke Fahrbahn war leer, aber auch diesmal gab der Bauer wieder Gas, ein Vorbeifahren war unmöglich. In Maik brodelte die Wut, auf seinen Chef und auf diesen Möchtegern-Porschefahrer.

Kurz vor der Brücke, die den Kanal überquerte, zog Maik

sein Lenkrad erst nach links und dann nach rechts und drängte den Bauern von der Fahrbahn ab. Nur so, als kleine Revanche. Er wollte dann überholen und nur noch nach Hause. Der Porschefahrer verlor tatsächlich die Nerven und wich nach rechts aus. Mit achtzig Sachen preschte er über den Grünstreifen, der die Straße vom schmalen Fußweg trennte.

Der Ampelmast vor der Brücke näherte sich. Maik nahm nun die Straße mit seinem Fahrzeug ein, glaubte, der Fahrer des weißen Wagens würde irgendwann abbremsen. So schlau musste der doch sein, auch wenn er ein Borusse war. Doch er fuhr weiter neben ihm und steuerte direkt auf den Ampelmast zu. Im letzten Augenblick schien er das Hindernis gesehen zu haben und bremste. Doch um zum Stehen zu kommen, war es bei dem Tempo auf dem Grünstreifen zu spät. Der Porsche wich nach rechts aus, auf den Fußweg Richtung Kanal. Er verschwand in der Dunkelheit.

„Was macht der Spinner?", zischte Maik erschrocken und dachte an den schmalen Weg und an die steile Böschung, die in nichts anderes als in das grüne Kanalwasser führte.

Soll ich anhalten, überlegte Maik. Dachte kurz an seine Schnitzel. Ach was, der ist vielleicht schon im Kanal, ich könnte eh nicht helfen. So beschloss er, nach Hause zu fahren und den Abend einfach zu vergessen.

Zu Hause angekommen, parkte er den Wagen in der Garage, trug die Einkäufe ins Haus und gab seiner Frau einen Kuss. „Überraschung! Schau mal, wer da ist", sagte Jenny erfreut. „Hallo Bianca", grüßte Maik und umarmte seine Schwester, „welch hoher Besuch in unserer bescheidenen Hütte. Schön, dass du mal wieder vorbeikommst."

„Ja, ich freue mich auch. Ganz besonders darüber, dir meinen Freund vorzustellen. Chris wird dir bestimmt gefallen, Jenny hat ihn vorhin ja schon kennengelernt."

Maik half die gekauften Lebensmittel wegzuräumen und goss sich Wein ins Glas.

„Wir haben ihn auf dich angesetzt,", erklärte Jenny und lachte, „ich wusste ja ungefähr, wann du einkaufen würdest, er sollte dich dabei ein wenig ärgern. Damit ihr euch schon mal kennenlernt. Er wird sicher auch gleich da sein."

„Wir bleiben übers Wochenende", sagte Bianca. „Chris hat sich extra den Porsche seines Vaters ausgeliehen, damit ihr Männer ein bisschen Spaß habt. Ich weiß doch, dass du es liebst, schnell zu fahren."

"Einen Porsche? Klasse!", sagte Maik und trank sein Glas in einem Zug leer. Er sah im Geiste die schwarzgelbe mit Leergut gefüllte Tüte vor sich und schwieg. Er war sich sicher, dass dieser Typ ganz und gar nicht der richtige Mann für seine Schwester gewesen wäre.

FRÜHLING IM RUHRGEBIET
Brigitte Vollenberg

„Hast du einmal darüber nachgedacht, mich umzubringen?" Toni saß auf der Bank hoch oben auf der Rungenberghalde. Er hatte seine Arme verschränkt und auf die Oberschenkel gelegt. Den Kopf ließ er nach vorne gebeugt herunterhängen. Seine Augen nahmen nur schwarzen Matsch wahr, der knochenhart gefroren skurrile Gebilde darstellte.

Es war Frühling, aber nach kurzen Sonnenphasen wurde dieser immer wieder vom Winter ausgebremst. Seit Tagen herrschte empfindliche Kälte. Toni hatte seine wollige Mütze tief in die Stirn gezogen und die Kapuze seines gefütterten Anoraks darübergestülpt. Somit war sein Gesicht halb verdeckt. Er wollte Susanne keine Gelegenheit geben, seine Gesichtszüge zu erforschen. Sie saß neben ihm und seine Frage traf sie wie ein Schlag in den Magen.

„Hast du schon einmal darüber nachgedacht, mich umzubringen?"

Sie sog die frostige Luft schnell und tief ein, hielt sie an und spürte ihren rasenden Herzschlag.

„Ja", antwortete sie ganz ruhig. „Ja, ich habe oft verschiedene Szenarien durchgespielt und dich mehr als einmal in meinen Fantasien getötet." Toni zuckte leicht.

„Ein Leben ohne dich, einen Neuanfang zu starten, frei zu sein, frei von dir und deinen Eskapaden – ja, das habe ich mir oft vorgestellt", fuhr sie fort.

So sehr sie über seine Frage geschockt war, um so erschrockener war sie über ihre spontane und ehrliche Antwort.

Susanne rückte an die äußerste Kante der Bank. Ihr Blick

schweifte in die Ferne. Von hier aus war ein Rundblick in das mittlere Ruhrgebiet möglich. Sie liebte diesen Flecken Erde, es war ihre Heimat. Hier würde sie nicht weggehen. Die grünen Kirchturmspitzen ragten in den Himmel. Aus Schloten quoll der Qualm. Die mit roten Dachziegeln gedeckten Häuser, Neubaugebiete und alte Zechensiedlungen, in der Ferne ein Kraftwerk und stillgelegte Fördertürme gehörten zu ihrer Region.

„Du kannst gehen, am besten du ziehst aus", hatte Toni oft gebrüllt. „Es steht dir frei, mich zu verlassen, wenn dir mein Lebenswandel nicht passt."
In der letzten Zeit häuften sich ihre Auseinandersetzungen. Zweimal hatte er es bereits geschafft, sie im Streit dazu zu bewegen, die Flucht zu ergreifen. Wütend hatte sie ein paar Sachen in ihre Reisetasche gestopft und stand kurze Zeit später vor der Wohnungstür ihrer Eltern. Nach einer Nacht auf dem Sofa und dem Zuspruch ihrer Mutter war sie wieder zu Toni zurückgekehrt.
Ich liebe ihn, redete sie sich ein. Sonst hätte ich ihn nicht geheiratet. Er hat schließlich auch positive Eigenschaften.
Ein sehr angenehmer Charakterzug war, dass Toni nicht die Spur nachtragend war. Gestern hatte sie im Streit eine Blumenvase nach ihm geworfen, die krachend am Boden zerschellt war. Heute, nach der Rückkehr aus ihrem Elternhaus, nahm er sie in die Arme und tat so, als hätte der Vorfall gar nicht stattgefunden. Er war aufmerksam und liebevoll zu ihr, wie sonst auch. Es kam vor, dass sie sich die Frage stellte, ob dieser Streit nur in ihrer Fantasie seinen Ursprung hatte. Sie begab sich auf Spurensuche. Mit der flachen Hand rieb sie über den Holzboden, konnte aber

keine schadhafte Stelle entdecken. Eine winzig kleine Scher-be der zersprungenen Blumenvase hatte sich in den Fransen des Teppichs vor dem Staubsauger erfolgreich verstecken können und war ein Indiz für den Streit.

Toni gab ihr durch sein Verhalten das Gefühl, dass sie den Streit provoziert hatte und er großzügig auf eine Entschul-digung ihrerseits verzichten würde. Es ist alles wieder gut, komm, ich habe dir verziehen, das suggerierte er ihr oft durch sein Verhalten.

Es war schon fast mit einem Ritual gleichzusetzen, dass sie nach einer Auseinandersetzung einen Spaziergang auf ihre Halde machten. Sie liefen schweigsam nebeneinander her, wanderten den Weg hinauf, der sich in schmalen Windun-gen immer höherschraubte. Je nach Standort bot er stets ein neues Panorama. Manchmal kürzten sie den Weg ab und benutzten die Treppen, die dem Haldengipfel zustrebten. Spätestens wenn sie die untere Kante der zweistufigen Py-ramide erreicht hatten, war Susanne wieder mit sich und der Welt im Einklang.

Doch heute schien es anders zu sein. Die innere Spannung, die Susanne empfand, löste sich nicht. Und jetzt diese Fra-ge. Ob er darüber nachgedacht hatte, sie umzubringen? Sind wir so weit gekommen, dass wir uns gegenseitig den Tod wünschen? Sie hatte gespürt, dass die letzte Krise eine schwerwiegendere Bedeutung hatte als die unzähligen an-deren.

Susanne stand auf und begann wortlos mit dem Abstieg. Toni folgte ihr. Wie zwei Fremde bewegten sie sich wieder auf den Fuß der Halde zu. Sie hatte nicht das Gefühl, dass alles wieder gut war wie sonst nach einer Wanderung auf ihren künstlichen Hügel. Diesmal nicht. Ihre Beziehung schien in einer anderen Dimension angekommen zu sein.

Vor der Haustür sahen sie sich schweigend an, dann trennten sich ihre Wege. Susanne ging ins Haus und Toni stieg in seinen Wagen und fuhr davon.

Zum ersten Mal dachte Susanne ernsthaft darüber nach, dass ihr eine Trennung von Toni bevorstehen würde.

Sie wurde wütend. „Geh nur!", schrie sie hinter ihm her. „Wenn hier einer auszieht, dann wirst sowieso du es sein." Es ist mein Haus. Soll er sich doch eine Wohnung suchen, dachte sie.

Toni kreuzte zwei Tage und zwei Nächte nicht wieder auf. Als Susanne am Freitag von der Arbeit nach Hause kam, stand ein Strauß Narzissen auf dem Tisch.

Toni musste da gewesen sein. Warum hatte er ihr diese Blumen mitgebracht? Die Frühlingsboten sahen sehr mickerig aus. Keine einzige Blüte war bisher aufgeblüht. Wenige Stunden im geheizten Zimmer und das kräftige Gelb der Narzissen würde dem Raum einen freundlichen frischen Anstrich geben. Susanne hatte im ersten Moment mit dem Gedanken gespielt, die Narzissen in den Mülleimer zu stopfen. Aber was konnten die Blumen dazu, dass ausgerechnet Toni sie gekauft hatte. Sie knallte den Deckel vom Mülleimer wieder zu und stellte sie in eine passendere Vase. Er war doch nicht nur gekommen, um mir Blumen zu bringen? Was hatte er sonst noch gewollt? Sie warf einen Blick in den gemeinsamen Schlafzimmerschrank. Der T-Shirt-Stapel war niedriger, es fehlten einige Hemden und auch zwei Anzüge hingen nicht mehr im Schrank. Seine Seite des Spiegelschrankes im Bad war fast leer.

Ein paar Nächte allein war sie gewohnt. Toni hatte sie schließlich bereits wenige Wochen nach ihrer Hochzeit betrogen. Seine Dienstreisen häuften sich. Sie hatte es geschafft, die Anzeichen auszublenden. Schließlich hatte sie seine Seitensprünge geduldet, in der Hoffnung, er würde sich ändern. Seinen Versprechungen hatte sie immer und immer wieder geglaubt.

Es kam die Zeit, da redete sie sich ein, sie sei die Einzige, die er richtig liebe und alle anderen Frauen wären nur Beiwerk, auf die ein Mann wie er, beruflich oft bis aufs Äußerste angespannt, nicht verzichten konnte. Er brauchte halt beides, sie als Ehefrau und seine Geliebten. Jetzt sah es so aus, als hätte er sich anders entschieden und er würde in Zukunft auf sie verzichten.

In der Küche lag ein Zettel auf dem Tisch.

„Treffen wir uns morgen um drei auf unserer Halde? Ich muss einiges mit dir besprechen."

Am nächsten Tag wanderte sie auf die Rungenberghalde und saß bereits auf ihrer Bank, als Toni die Treppe hinaufkam. Er nahm heute den kürzesten aber anstrengendsten Weg. Sein Keuchen und Prusten kündigten sein Kommen an.

Ist das schön hier oben, dachte Susanne. Die Luft war zwar kalt, aber trotzdem hatte sie ein Gefühl von Frühling. Sie atmete tief ein. Ich liebe ihn, dachte sie. Ob der Frühling endlich Einzug gehalten hatte? Der Himmel wölbte sich über die Ruhrgebietslandschaft. Sie blickte über die Halde, sah das Kraftwerk in Scholven, die Zeche Hugo. Mein Gott, ist das schön hier oben, dachte sie. Er trifft mich nur auf unserer Halde, weil er mir sagen will, dass er mich nicht verlässt. Alles wird wieder gut.

Toni setzte sich nicht. Er stellte sich breitbeinig vor sie. Keine Begrüßung, keine Berührung. „Lass uns gleich zur Sache kommen", sagte er, ohne sie anzusehen. „Ich möchte die Scheidung." Die gerade noch positive Darstellung ihrer Begegnung kehrte sich ins Gegenteil.

„Ich werde dir behilflich sein, eine neue Wohnung zu finden", sagte er großzügig.

„Sobald du ausgezogen bist, werde ich das Haus renovieren lassen", fuhr er fort, als sei alles eine längst beschlossene Sache.

„Ach, und falls es dich interessiert", sagte er, „warum ich das alles mache: In fünf Monaten werde ich Vater. Das Kind braucht ein Kinderzimmer und einen Garten, ein richtiges Heim."

Susanne traf diese Information wie ein Schlag in die Magengrube.

„Meinst du, du schaffst es, in den nächsten Wochen etwas Passendes zu finden? Ich helfe dir auch beim Anstreichen, wenn es nötig sein sollte", bot er ihr an.

Susanne brachte kein einziges Wort hervor. Sie fühlte sich wie betäubt.

Glaubt er wirklich, ich ziehe aus unserem Haus aus, fragte sie sich. Weil er den Platzbedarf hat und ich, als Verlassene, als Single, soll mit einer kleinen Wohnung zufrieden sein? Sie dachte an die ablehnenden Worte, wenn sie das Thema 'Kinder' zur Sprache gebracht hatte. Ihr wurde schwarz vor Augen. Die wärmende Frühlingssonne hatte plötzlich keine Kraft mehr und der scharfe Wind ließ sie erschaudern. Die Halde öffnete gerade ihren Schlund und verschlang sie.

Tage später wartete Susanne auf Toni, den werdenden

Vater und auf die neue schwangere Frau an seiner Seite. Sie, die Noch-Ehefrau, hatte Lachs-Lasagne zubereitet. Susanne sollte auf freundschaftlicher Basis, beim Essen, Tonis neue Liebe kennenlernen. Wie unverfroren Toni das Ende ihrer Ehe und seine neue Beziehung regelte, war die Krönung ihrer Beziehung. Er lud sich mit Anhang einfach bei ihr zum Essen ein. Außerdem wollte er seiner neuen Liebe das Haus zeigen.

Susanne öffnete nach dem Schellen die Tür. Toni stand auf der Fußmatte, allein.

„Chantal ist noch nicht bereit, dir zu begegnen. Sie möchte lieber noch ein paar Wochen warten", sagte Toni und betrat die Diele. Er schnupperte. „Gut riecht es hier, hast du Lachs-Lasagne zubereitet?"

„Bekommst du bei deiner Chantal nichts Gescheites zu essen?", fragte Susanne bissig und schüttete Toni ein Glas Saft ein. Er leerte es in einem Zug.

„Es geht doch nichts über ein Glas frisches Wasser mit deinem selbst gemachten Holunderblütensirup", sagte er und schenkte sich nach. „Das ist bald Geschichte", sagte Susanne. „Den nächsten Holunderblütensirup kannst du dir im Supermarkt kaufen." Sie teilte die Lasagne in Portionen auf und legte Toni ein großes Stück auf den Teller.

„Lass es dir schmecken", sagte sie. „Du kannst für deine Chantal gern eine Portion mitnehmen."

Es wird die letzte Lachs-Lasagne deines Lebens sein, dachte sie, ich bekoche dich nie mehr.

Toni begann, das Essen in sich hineinzuschaufeln.

Deine Chantal kann nicht kochen, dachte sie, so ausgehungert wie du bist. Sie setzte sich Toni gegenüber und beobachtete ihn. Er kaute gar nicht richtig, es schien, als würde er nur schlucken. Sein zweites Glas Saft spülte ihm die Kehle wieder frei. Susanne fragte sich, was sie an Toni nur geliebt hatte. Er sah ungepflegt aus, schmatzte und sie wartete, dass die knusprigen Käsepartikel, die an seinem unrasierten Kinn hingen, auf die Tischdecke fielen.

„Und, wie hast du dir das jetzt vorgestellt?", fragte sie. „Du ziehst mit deiner kleinen Familie in das Haus und ich soll ab jetzt in einer winzigen Wohnung mein Leben verbringen? Das glaubst du doch nicht wirklich?"

Toni legte sein Besteck beiseite. Er schwitzte und tupfte sich mit der Serviette Mund und Stirn ab.

„Du willst doch wohl nicht, dass mein Kind in beengten Verhältnissen aufwächst", fragte er ganz erstaunt.

„Du bist so ein unverbesserlicher Egoist", antwortete Susanne. „Ich fass es nicht." Sie starrte Toni an. Wie blind bin ich in den letzten Jahren nur gewesen, dachte sie.

„Komm, wir gehen noch einmal auf unsere Halde. Ein kleiner Verdauungsspaziergang wird dir nach dieser Riesenportion guttun." Toni führte den letzten Bissen zum Mund. Susanne hatte die Jacke bereits angezogen. Er stand auf, leerte sein Glas im Stehen und folgte ihr.

Es hatte leicht angefangen zu schneien. Susanne und Toni liefen schweigsam nebeneinander her. Sie hatten die erste Wegbiegung erreicht und Toni schnaufte schwer.

„Hast wohl etwas zu viel in dich hineingeschlungen", sagte Susanne und setzte ihren Weg in gleichbleibendem Tempo fort. Ihre Bank kam in Sicht. Sie wedelte den Schnee von der Sitzfläche und setzte sich. Schließlich hatte auch Toni die Bank erreicht und ließ sich erschöpft auf die kalten Holzbalken fallen. Plötzlich wurde sein Körper von einem Krampf geschüttelt.

„Was ist mit dir?", fragte Susanne besorgt. „Komm, wir gehen wieder zurück. Mit dir stimmt was nicht. Wer in Zukunft wo wohnen wird, klären wir später."

Doch Toni konnte sich nicht mehr von der Bank erheben. Susanne versuchte, ihm aufzuhelfen, stützte ihn, aber seine Beine trugen ihn nicht.

„Bleib hier, ich hole Hilfe", sagte sie, drehte sich um und lief schnell den Weg zurück.

Der Schneefall hatte zugenommen. Dicke nasse Flocken fielen zu Boden. Der Weg war matschig und glatt. Als Susanne hinter der ersten Biegung verschwunden war, verlangsamte sie ihren Gang. Sie spazierte nach Hause. Als Erstes spülte sie die Glaskaraffe gründlich aus und beseitigte die Spuren der Mahlzeit. Sie überlegte kurz, ob sie den Narzissen neues Wasser einfüllen sollte, doch kurz entschlossen umfasste sie die Blumen und stopfte sie in den Mülleimer auf den Rest der Lasagne.

„Ihr habt eure Schuldigkeit getan", sagte sie und schaute auf die geknickten und gestauchten Frühlingsblumen. Danke für eure Alkaloide. Und Dank an eure Frühlingsboten-Freundin, die Schneerose, für ihr Herz-Gift. Toni hat der fein geraspelte Wurzelstock echt gut geschmeckt, sonst hätte er nicht so zugeschlagen bei dem Auflauf, überlegte sie. Sie ging ans Fenster, schob die Gardine an die Seite und schaute in die Natur. Wie schön der verschneite Garten aussieht, dachte sie. Die Narzissen trotzten dem Schnee und auch die Schneerose behauptete ihren Platz im Garten.

Für euch ist bereits Frühling und mein zweiter hat auch gerade begonnen.

ZU FRÜH GEFREUT
Britt Glaser

Ulla legte Gürkchen auf die belegten Brote und trug das Essen in den Keller. Kurt war mit seinen Freunden im Partyraum, sie trafen sich jede Woche zum Kartenspielen. Die Männer lachten und Paul sagte: „Mensch Kurt, die Ulla ist doch 'ne klasse Frau."

„Ach", meinte Kurt. „Wenn ich erst mal das Geld habe, sitze ich mit Frischfleisch am Pool, das kann ich mir dann leisten."

„Ja, Viagra auch", warf ein anderer ein und alle johlten. Ulla schluckte, als sie Kurts Worte hörte. Die Tür ging mit einem Ruck auf. Paul blickte sie kurz an und schlängelte sich an ihr vorbei, Richtung Toilette.

„Essen für die Raubtiere", sagte Ulla und lief zum Tisch, um den die Männer saßen. Eilig räumte Kurt die Papiere zusammen, die sie vor sich liegen hatten und ließ sie verschwinden. Ulla wunderte sich, dass die Männer heute nicht Skat spielten. Freundlich wie immer fragte sie, ob alle genug zu Trinken hätten, dann ging sie nach oben und räumte die Küche auf. In ihrem Bauch lag ein großer Stein voll Traurigkeit. Sie hatte immer geglaubt, Kurt liebe sie, schließlich waren sie seit über dreißig Jahren verheiratet, und dann so einen Spruch aus seinem Mund. Geknickt ging sie zu Bett.

Als Kurt am nächsten Morgen zur Arbeit fuhr, saugte sie den Partyraum. Auf dem Tisch stand das Tablett mit den leeren Tellern, auf dem gestern die Prospekte gelegen hatten, die Kurt eilig hatte verschwinden lassen, als sie den Raum betrat.

Ulla wollte zu gern wissen, was darauf stand. Sie durchsuchte jeden Winkel im Keller. Nichts. Kurt würde ein Versteck wählen, an das er schnell rankam, überlegte Ulla und ging auf die Knie. Tatsächlich klebte eine gefüllte Klarsichtfolie unter dem Tisch. Sie löste die Klebestreifen und hielt ihren Fund in der Hand. Vorsichtig zog sie die Papiere aus der Folie und breitete sie auf dem Tisch aus. Sie zeigten Fotos von einem Bankgebäude. Einen Stadtplan mit einem markierten Weg und eine Einkaufsliste. Sie planen also einen Bankraub, schlussfolgerte sie. War es doch nicht nur ein blöder Spruch. Kurt würde das Geld für junge Frauen und Viagra ausgeben. Wie blöd ist der eigentlich?

Bei den folgenden Treffen belauschte Ulla die Männer den ganzen Abend. Sie stand im Kellerflur und legte das Ohr an die Tür. Musste jemand zum Klo, verschwand sie schnell nebenan im Wäschekeller. Wenn sie die Brote brachte, klopfte sie erst an und wartete einen Augenblick, damit die Männer sich ihre Spielkarten greifen und so tun konnten, als spielten sie Skat. Tagsüber studierte Ulla die Pläne. Sie kannte schließlich den gesamten Ablauf des Überfalls. Auch den Fluchtplan prägte sie sich ein. Selbst die Waffen für den Raub fand Ulla in einem Karton im Schrank versteckt. Vier Stück mit gefüllten Magazinen. Sie meinten es tatsächlich ernst. Es waren keine Stammtischfantasien.

„Schatz, ich habe eine Überraschung für dich", sagte Kurt einige Tage später. „Ein Wellness-Wochenende, vom nächsten Donnerstag an bis Sonntag an der Ahr."

„Oh, das ist toll!", log sie, denn sie wusste genau, dass die Skatbrüder den Überfall am kommenden Freitagmorgen durchführen wollten.

„Schatz, hast du was dagegen, wenn ich zwei Tage eher losfahre, dann kann ich auf dem Weg meine Schwester besuchen?" Kurt war das mehr als recht.

Ulla wartete auf der wenig befahrenen Straße, die durch den Wald führte.
„Noch ein roter Wagen und zwei silberne Opel, dann landet das UFO", erschallte es aus ihrem Handy. Sie zählte die Autos und als sie vorbeigefahren waren, sprang sie flink aus dem Gebüsch auf die Straße und legte das Band gespickt mit Nägeln auf die Fahrbahn und streute Laub darüber. Das würde gleich eine Überraschung geben, wenn sich die Nägel in die Autoreifen bohrten. Sie wartete geduldig hinter einem dicken Baum. Kurts Auto preschte heran, direkt auf das Hindernis zu, dann knallte es, als sein Wagen über die Nägel fuhr. Der Wagen schleuderte, wurde langsamer und kam schließlich zum Stillstand. Ulla, im schwarzen Motorradanzug mit Helm, trat auf die Straße und lief zum stehenden Auto. Sie riss die hintere Tür auf, richtete die Waffe auf vertraute Gesichter. Kurt saß am Steuer.
„Her mit dem Geld!", schrie sie, „aber ein bisschen plötzlich!" Die Männer schauten sie erschrocken an. Dieser unfreiwillige Stopp hatte sie aus der Fassung gebracht, bis Paul sagte: „Ulla? Das ist doch die Ulla!" Er erkannte sie, obwohl sich ihre Stimme durch den Helm stark verändert anhörte.
Kurt griff nach seiner Waffe und richtete sie auf Ulla. Er schoss. Geschockt über den Angriff ihres Mannes, feuerte auch sie einen Schuss ab, der ein Loch in der gegenüberliegenden Scheibe hinterließ. Nur gut, dass sie die Patronen in den Pistolen der Männer gegen Schreckschusspatronen getauscht hatte. Paul erkannte den Ernst der Sache und warf

eine Tasche aus dem Auto. „Alles", schrie sie. „Auch die zweite."

Eine weitere Tasche plumpste aus dem Wagen und Ulla rief: „Weiterfahren!" Kurt gab Gas und eierte auf den Felgen davon. Ein Motorrad fuhr von hinten heran. Ulla schwang sich eine Tasche über die Schulter und sprang auf den Sozius. Die zweite Tasche presste sie zwischen sich und den Fahrer. Mit aufheulendem Motor fuhr das Krad in die entgegengesetzte Richtung davon.

Bei Ullas Schwester zu Hause angekommen stellten sie das Motorrad in die Garage und entledigten sich der Kleidung. Sie überließen es Ullas Schwager, das Geld zu verstecken, und Ulla stieg mit ihrer Schwester in das Cabrio. Sie fuhren zurück zum Wellness-Hotel.

Am Sonntagabend erwartete die Polizei Ulla bereits zu Hause. Das Haus war durchsucht worden und neben dem Plan für den Überfall hatte die Spurensicherung ein Flugticket nach Spanien gefunden. Man teilte ihr mit, dass ihr Mann verdächtigt wurde, eine Bank ausgeraubt zu haben und nun in U-Haft sitze. Ulla beantwortete die Fragen der Beamten, natürlich nicht immer wahrheitsgemäß und erzählte vom Wellness-Gutschein, den ihr Kurt geschenkt hatte.

Sie würde die Scheidung einreichen, denn jeder konnte nachvollziehen, dass sie mit einem potenziellen Bankräuber nichts zu tun haben wollte. Und schließlich saß er im Gefängnis.

In der Zwischenzeit würde sie öfter mit Werner ausgehen. Sie kannten sich vom Friedhof und jeden Sonntag trafen sie sich dort und plauderten. Gut, dass sie die Grabpflege von Kurts Eltern übernommen hatte. Ohne diese Aufgabe hätte sie Werner vielleicht gar nicht kennengelernt. Ulla spürte schon lange, dass Werner sie liebte. Zwar war ihr Sommer des Lebens schon vorbei, doch mit einer neuen Liebe und dem Geld aus dem Bankraub würde es für sie beide ein goldener Herbst werden.

MÖRDERISCHER RHEIN
Brigitte Vollenberg

„Bist du da?", rief sie, hielt einen Moment inne und lauschte. Nichts. Petra stellte ihre Einkaufstaschen in der Diele ab.
Autoschlüssel und Hausschlüssel warf sie in die Metallscha-
le vor dem Garderobenspiegel. Es schepperte und klirrte.
Klaus müsste da sein, hatte sie doch seinen schwarzen
BMW in der Einfahrt stehen sehen. Sie starrte in den Spiegel. Petra vertiefte sich in ihr Abbild. Ich werde alt, dachte
sie. Wo ist nur meine Ausstrahlung geblieben? Ich sehe ab-
gespannt, genervt, unzufrieden aus. Sie nahm ihr Gesicht
zwischen die Finger ihrer Hände. Sanft drückte sie gegen
die Schläfen und massierte mit kreisenden Bewegungen
ihre Stirn. Wo waren ihre strahlende Schönheit und ihr ju-
gendliches Aussehen? Wenn ich jetzt nicht handele, dachte
sie und stöhnte auf, bin ich schneller eine alte verhärmte
Frau, als mir lieb ist.
Im Haus war es still. Irgendwo würde Klaus sein, in der
Garage, im Keller, im Garten. Petra ging in die Küche,
räumte die Einkäufe in die Schränke ein und begann mit
den Vorbereitungen für das Abendessen. Klaus konnte früh
nach Hause kommen oder auch schon mittags das Büro
verlassen, er wäre nie auf die Idee gekommen, das Essen
vorzubereiten oder wenigstens den Tisch zu decken. Das
waren immer schon ihre Aufgaben gewesen und sie würde
sie routiniert und selbstverständlich bis an ihr Lebensende
erfüllen. Klaus liebte das klassische Rollenverhalten. Sie
würde sich wieder und wieder darüber ärgern. Er machte
Versprechungen, ihr zu helfen, die er aber nie einlöste.
„Du brauchst nicht zu arbeiten, schließlich verdiene ich ge-

nug für uns beide", war stets sein Argument. „Bleib zuhause und du hast keine Doppelbelastung." Sie hasste dieses Leben, das sie einst für Freiheit gehalten hatte. Es war zu einem Leben auf dem Abstellgleis mutiert. Sie hatte einen Beruf, wollte ein eigenständiges Leben führen, eigene Freunde haben. Aber was noch viel schlimmer war, Klaus machte mit seiner ewigen Eifersucht einfach alles kaputt und erstickte jeden ihrer Versuche, sich etwas aufzubauen, im Keim.

Petra waren die Geräusche im Haus vertraut. Dachte sie. Jetzt näherte sich ein seltsames Klackern: Klatsch, klack, klatsch, klack. Die Wahrnehmungen kamen ihr bekannt vor. Aber sie passten nicht in dieses Haus. Sie griff das Küchentuch, rieb sich die Hände daran trocken und ging in die Diele. Ein in Neopren gekleideter schwarzer Körper, mit gelbgrau gestreiften riesigen Flossen, kam rückwärts auf sie zu. Sie schrie auf.

„Was soll das denn, bist du verrückt geworden?" Klaus drehte sich um hundertachtzig Grad zu Petra um. Langsam, wie die Zeiger einer Uhr, bewegte er seine beflossten Füße, bis er sich komplett gewendet hatte. Die Taucherbrille hochgeschoben vor seine Stirn geklemmt und einen Schnorchel im Mund, stand Klaus da und atmete geräuschvoll durch dieses Plastikröhrchen.

„Spinnst du?", rief Petra. „Wie siehst du denn aus?" Sie musste lachen. Früher sah Klaus in der Haihaut knackig und sportlich aus. Aber heute! Er passte in seinen Taucheranzug nicht mehr hinein. Der Reißverschluss ließ sich nicht bis oben schließen. Seine Leibesfülle war eindeutig im Weg. Die Enge des Anzugs hatte Klaus die Röte ins Gesicht getrieben. Sein Atem war schwer und er schwitzte.

„Komm nur nicht auf die Idee, dass du einen neuen Taucheranzug brauchst. Vielleicht solltest du es mit Abspecken versuchen, wäre billiger und gesünder."

Das Telefon klingelte. Petra nahm den Anruf entgegen. Ein Lächeln zog über ihr Gesicht. „Du hast gewonnen", sagte sie. „Ich hätte es nicht für möglich gehalten."

Klaus nahm das Mundstück des Schnorchels heraus und fragte nach. „Wer war das?"

„Nicht wichtig", antwortete Petra, „der Anruf war für mich. Eine Freundin."

„Welche Freundin?"

„Eine Freundin eben", fauchte Petra. „Fang jetzt bitte nicht wieder damit an. Ich kann das ständige Misstrauen und deine Eifersüchteleien nicht mehr ertragen. Du weißt das. Also, hör auf!". Den letzten Satz hatte Petra laut und bestimmend gesprochen.

„Du kannst mir doch sagen, wie deine Freundin heißt. Warum machst du aus allem, was du tust, ein Geheimnis?"

Klaus drehte sich langsam, stets darauf bedacht, nicht das Gleichgewicht zu verlieren, ging rückwärts in die Küche und setzte sich auf einen Küchenstuhl. Petra goss die Salatsoße über die vorbereiteten grünen Blätter des Eisbergsalats und die klein geschnittenen Tomaten. Vermengte alles und stellte Klaus die Schüssel auf den Tisch.

„Guten Appetit", sagte sie. „Du kannst gleich heute mit der Diät beginnen. Es gibt nur Salat."

Sie stolperte über eine Flosse, die ihr den Weg versperrte.

„Ich habe schon gegessen", sagte sie.

„Mit wem?", wollte Klaus wissen.

„Mit Uwe!", schrie sie.

„Wer ist Uwe?", fragte Klaus.

Petra biss sich auf die Unterlippe. Ihre linke Hand schnellte hoch zum Mund und wölbte sich darüber. Sie fühlte sich ertappt.

„Das ... Das Phantom, dem du hinterherjagst", stotterte Petra.

Als Klaus sich später zu seiner Frau ins Wohnzimmer setzte, hatte er sich wieder beruhigt. „So einen Scherz, wie gerade in der Küche, machst du nicht noch einmal mit mir. Ist das klar?", sagte er.

Dann erzählte er ihr, dass er zufällig seinem alten Tauchfreund Oliver begegnet sei. Sie hatten gemeinsame Zeiten wieder aufleben lassen und in Erinnerungen geschwelgt.

„Oliver nimmt am Neujahrsschwimmen im Rhein teil", erzählte Klaus. Er machte eine längere Atempause.

„Und ich auch."

Petra ließ ihre Zeitschrift sinken. „Nein, das glaube ich nicht!", rief sie. „Du, der den Hintern seit Monaten nicht mehr vom Sofa hochbekommt, du willst wirklich mal wieder ein Abenteuer wagen?

Wie hat Oliver das geschafft, dich zu überreden, sich sportlich zu betätigen? Ich rede mir den Mund fusselig und dann kommt Oliver daher und es ist gleich eine solch spektakuläre Aktion. Meinst du, du schaffst das?", fragte Petra. Sie sah Klaus skeptisch an.

„Was Olli kann, kann ich auch, keine Frage. Ich werde trainieren und mich gut vorbereiten."

„Ich werde dich auf jeden Fall unterstützen. Sag mir, was ich für dich tun kann", bot Petra spontan ihre Hilfe an.

Klaus sah aus, als fühlte er sich mit der Entscheidung

richtig gut.

„Ich schaffe das, allein um dir zu beweisen, dass ich noch der Alte bin. Dann hört hoffentlich deine Nörgelei an mir endlich auf.“

„Soll ich dir einen Orangensaft auspressen?“, fragte Petra.

„Du musst fit werden und Vitamine sind immer gut. Ich muss kurz telefonieren. Das muss ich unbedingt Pia erzählen.“ Sie stand auf und nahm das Telefon von der Basis.

„Ah, Pia hat dich also vorhin angerufen. Bitte erzähl nur deiner besten Freundin, was ich vorhabe. Ich will das nicht an die große Glocke hängen.“

„Versprochen, nur Pia“, sagte Petra. „Ich bin ja so stolz auf dich!“

In den nächsten Wochen gefiel es Petra, für die Essenszubereitung zuständig zu sein. Es war Ausdruck ihrer Anerkennung für Klaus´ Neujahrsvorhaben. Außerdem hatte sie jetzt bis Januar zwei sichere freie Abende in der Woche. Diese würde sie selbstverständlich nutzen. Sie musste nach einer Verabredung nur vor Klaus wieder zuhause sein und würde so auch den ständigen Eifersüchteleien aus dem Wege gehen können. Klaus und Oliver trainierten im Hallenbad und ließen ihre Mitgliedschaft im Tauchsportklub wieder aufleben. Noch vor Jahren hatte Klaus regelmäßig getaucht und trainiert, dann aber nach zwei Tauchurlauben in Ägypten das Tauchen in heimischen Gewässern eingestellt. Wer einmal die angenehmen Wassertemperaturen und die Farbenpracht des Roten Meeres erlebt hat, steckt seinen Kopf nicht mehr freiwillig in eine dunkle kalte Sauerländer Talsperre. Und dann der Job, der Stress, die wenige Zeit und Petra. Das Training schlief schließlich ein.

Klaus verabredete sich in den letzten Wochen regelmäßig mit Oliver, auch über ihre Trainingseinheiten hinaus. Er war seine Initialzündung, der Motor, der ihn Stück für Stück an das bevorstehende Ereignis heranführte.

Klaus, Oliver und Petra machten einen Ausflug nach Düsseldorf: Ortsbesichtigung.

Wenn Petra an Düsseldorf dachte, galt ihr erster Gedanke dem Düsseldorfer Flughafen, die nächstgelegene Startbahn für Urlaubsflüge. Ihr zweiter Gedanke gehörte der Düsseldorfer Altstadt. Früher war sie öfter dort zu Besuch, früher, als Klaus noch um sie bemüht war, sie ausführte und nicht mit einer Flasche Bier auf dem Sofa vor dem Fernseher einschlief. Kneipen gab es hier, eine schöner und interessanter als die andere, urig, gemütlich, gefüllt mit fröhlichen und kommunikativen Menschen. Das war Leben. Sie konnten sich oft nicht entscheiden, in welche Kneipe sie gehen sollten, die Auswahl war einfach zu groß. Schließlich landeten sie bei ihrem „Zug durch die Altstadt" immer beim Uerigen, eine der vier Traditionsbrauereien in der Altstadt. Klaus schmeckte das Altbier früher hier am besten. Heute stand ein Kasten KöPi daheim in seinem Vorratskeller. Wenn Petra das Wort „KöPi" hörte, dachte sie nicht an Pils, sondern an die „Kö", die Luxuseinkaufsstraße Europas, die sich mitten durch das Düsseldorfer Stadtzentrum zieht. Nirgendwo findet man mehr Luxusartikel und Edelmarkenketten als auf der Kö. Sie vereint das Einkaufsfeeling der New Bond Street in London, der Via Condotti in Rom und der Fifth Avenue in New York. Mehr Vergleiche konnte Petra nicht anstellen. Hier hatte sie mit Klaus Kurzurlaube verbracht, mit ihm eingekauft. Nein, nicht eingekauft, Einkaufserlebnisse genossen. In der letzten Zeit sah er noch nicht einmal, wenn sie aufreizend durch das Wohnzimmer ging, ihm ein neues Kleid präsentierte und posierte wie ein Model. Sie hatte den Eindruck, Klaus nahm sie gar nicht mehr wahr.

Heute würde Petra das pulsierende Leben, das sie an Düsseldorf so liebte, von der gegenüberliegenden Rheinseite aus nur vermuten können. Sie stellte sich vor, über die Rheinuferpromenade zu flanieren. Sie träumte von den kleinen Cafés, den Straßenkünstlern und Musikern, die das Flair der Altstadt prägten. Sie schloss die Augen, stellte sich vor, auf der Treppe zum Rheinufer zu sitzen. In ihrer Fantasie spürte sie die starken Arme ihres Liebsten, die sie umschlungen hielten, und schaute in den fantastischsten Sonnenuntergang überhaupt. Es sah fast kitschig aus. Die alte Skyline von Oberkassel tauchte vor ihr auf. Der neue Medienhafen. Sie hatte schon so viel darüber gehört. Als Kind des Ruhrgebiets war sie gespannt, was das erste Currywurstrestaurant Deutschlands zu bieten hatte. Eine Freundin hatte ihr erzählt, wie sie gestaunt hätte, als ihr dort eine Currywurst mit Blattgold serviert wurde. Petra verlor sich in Tagträumen. Es gab so viel, was im neuen Jahr in ihrem Fokus stehen würde.

Sie hörte das leise Murmeln und Flüstern des Wassers und eine frische Brise blies ihr ins Gesicht. Sie öffnete ihre Augen, war wieder angekommen in der Realität. Sie stand auf der Rheinseite, in Oberkassel, gegenüber der Düsseldorfer Altstadt mit ihrem stilvollen Ambiente, im Rücken stattliche, gepflegte und hervorragend renovierte Bürgerhäuser.

Hier würde sie gerne wohnen.

Die Rheinwiesen unterhalb der Rheinkniebrücke waren saftig grün und fielen seicht ab bis zum eigentlichen Flussbett. Der Rhein führte wenig Wasser und Klaus und Oliver balancierten über die Kiesel bis an die Wasserkante. Der schöne Sonnenuntergang in ihren Träumen war einem herbstlichen, bewölkten Himmel gewichen. Die Rheinkniebrücke überspannte majestätisch den Rhein. So direkt am Ufer sah der Fluss ganz anders aus, zumindest anders als von einer Autobahnbrücke. Hier würden Oliver und Klaus mit vielen anderen Tauchern und Rettungsschwimmern in die Fluten des Rheins steigen und sich mit dem Strom treiben lassen. Stromabwärts von der Rheinkniebrücke bis zum Löricker Jachthafen. Petra raffte ihren Schal zusammen und versteckte ihr Gesicht darin. Es war kalt. In den ersten Januartagen würde es noch kälter sein. Der meteorologische Winter hatte noch gar nicht begonnen. Für die Teilnehmer würde es eine extreme Herausforderung werden. Die Wassertemperatur des Rheins würde bei höchstens 6 Grad Celsius liegen. Echt was für harte Männer. Ob auch Frauen zu den Rheinschwimmern zählten?, fragte sich Petra. Sie sah zu Oliver und Klaus hinüber, zwei alte Tauchfreunde. Wenn Klaus wüsste, dass sie Oliver schon kannte, als es ihn in ihrem Leben noch gar nicht gab. Die beiden unterhielten sich. Oliver drehte sich zu ihr um, hob die Hand und winkte ihr zu. Dann formte er mit Daumen und Zeigefinger der rechten Hand einen Kreis. Diese Taucher-Vokabel kannte sie: „Alles Okay". In der Mitte des Rheins, dort wo die Fahrrinne war, fuhr ein Schiff vorbei. Es war schwer beladen und lag tief im Wasser. Petra stellte sich die Taucher vor, die in der dunklen Wassermasse dahintrieben, in unmittelbarer Nähe so riesiger Pötte. Ob Klaus realisierte, auf was er sich da eingelassen hatte? Das kalte Wasser, die winterlichen Außentemperaturen, die großen Schiffe und die Strömung. Oliver und Klaus setzten sich in die Hocke, suchten flache Kieselsteine und probierten, sie über das Wasser springen zu lassen. Am Rand waren die Wellen niedrig genug für diese Spielchen. Olivers Stein hüpfte mehrere Male. Klaus erster Stein versank mit einem Platsch in den Fluten und auch sein zweiter Versuch misslang.

„Lass uns jetzt zum Löricker Jachthafen fahren. Dort ist die Zentrale, der Sammelpunkt für die Neujahrsschwimmer", sagte Oliver. „Und dann suchen wir uns eine warme Gaststätte", schlug Petra vor, die inzwischen näher gekommen war. „Ich friere."

Klaus stellte seinen Wagen auf dem Parkplatz des Löricker Freibades ab. Die Freibadsaison war bereits seit September vorbei und die Anlage sah verwaist und nicht einladend aus.

„Von hier aus kann man schöne Spaziergänge starten. Lass uns mal auf den Deich hinaufgehen. Wenn das Neujahrsschwimmen startet, wird es schwierig sein, hier in den ersten Reihen einen Parkplatz zu bekommen. Es wird hier nur so wimmeln von Tauchern. Die meisten werden sich an ihren Autos umziehen und voll ausgerüstet hinauf zum Klubhaus des Kanu- und Jacht-Klubs gehen. Oben sind Duschen und Umkleidekabinen. Dort ist der Treffpunkt und findet die Anmeldung statt. Hinter dem Klubhaus liegt der kleine Jachthafen. Dort werden die Schwimmer wieder aus dem Rhein heraussteigen", sagte Oliver und wies auf eine Betontreppe, die bis auf die Böschung führte und deren untersten Stufen ins Wasser reichten.

„Hier erhält jeder sofort seine Teilnehmerplakette umgehängt und die ersten Becher mit heißem Tee werden gereicht." Oliver kam ins Schwärmen. Er hatte bereits dreimal an diesem Event teilgenommen.

„Es ist einfach ein geiles Gefühl, wenn du mit letzter Kraft die Flossen von den Füßen streifst, die schmalen Treppen hochsteigst, eigentlich deinen Körper gar nicht mehr spürst und du dich nur nach einer heißen Dusche sehnst. Aber das Gefühl, den Rhein bezwungen zu haben, dich der Macht des größten Flusses Deutschlands gestellt zu haben, dazu im Winter, das hat schon was."

Sie überquerten eine Fußgängerbrücke aus Holz und kamen zum alten Rheinarm am Freibad. Direkt dahinter lag der Rheinstrand.

„Oh, ist das schön hier", rief Petra. „Das ist ja ein idealer Platz für ein Picknick im Sommer." Sie erreichten die Halbinsel. Der Ort strahlte eine Idylle aus, die Petra hier nicht vermutet hätte. „Ich wusste gar nicht, dass es hier so romantische Plätze gibt", sagte sie.

„Hier werden die Menschen stehen und die Rheinschwimmer empfangen und anfeuern. Man sollte sich frühzeitig eine gute Position sichern", sagte Oliver. Er blickte Petra an und verzog sein Gesicht zu einem breiten Grinsen. Wie gerne hätte er sie jetzt in die Arme geschlossen und ihre vor Kälte geröteten Wangen liebkost.

„Wie kommen wir von hier aus zur Rheinkniebrücke?", fragte Klaus.

„Also die DLRG, die dieses Event ausrichtet, wird einen Shuttleservice bereitstellen. Unten, vom Parkplatz aus, fahren die roten Linienbusse direkt zum Startplatz. Es sieht schon merkwürdig aus, wenn wir gemeinsam einen Bus besteigen und bei der Abfahrt auf jedem Busplatz ein Taucher sitzt, im Neoprenanzug mit Taucherbrille, Schnorchel und Flossen in der Hand." Petra hatte, bis auf ein paar Begeisterungsausrufe, wenig gesprochen. Sie hatte die Natur und den Fluss auf sich wirken lassen, von Düsseldorf als Stadt geträumt und gespannt den Geschichten von Oliver gelauscht, die alle nur eines zum Ziel hatten: Klaus zu bestärken, die richtige Entscheidung getroffen zu haben, am Neujahrsschwimmen teilzunehmen und seine anfängliche Begeisterung aufrechtzuerhalten.

Nach dem letzten Training brachte Klaus Oliver mit nach Hause. Sie verschwanden im Hobbykeller und überprüften gemeinsam Klaus´ Ausrüstung. Der Taucheranzug ließ sich mit etwas Geduld schließen, passte aber nicht wirklich gut. „Kein Problem, du kannst gerne meinen Zweitanzug haben, wie abgemacht", sagte Oliver. Alle Utensilien wurden in eine große, schwarze Plastikwanne gesteckt, die wasserdicht verschließbar war.
Petra hatte mundgerechte Häppchen zum Abendessen vorbereitet und den Kamin angezündet. Es war verdammt kalt geworden. Seit Tagen herrschten Minusgrade. Der Wetterbericht hatte zum entscheidenden Tag allerdings mildere Temperaturen vorhergesagt.
Oliver und Klaus kamen aus dem Keller hoch und setzten sich zu Petra ins Wohnzimmer. Sie überprüften ihre Unterlagen. Beide hatten sich Ende November ordnungsgemäß angemeldet und ihren Teilnahmebeitrag geleistet. Klaus musste seine Sportgesundheit neu testieren lassen. Er hatte zum Jahresende sowieso einen Gesundheitscheck geplant und bekam problemlos seinen Stempel.
„Alles klar", sagte Klaus.

„Ich freue mich auch", antwortete Oliver.

„Und ich lass mich überraschen. Sollen wir darauf nicht anstoßen, mit einem Glas Sekt?", fragte Petra. Klaus stand auf, ging in den Keller. Er wusste, dort unten im Flaschenkühlschrank hatte Petra immer einen Vorrat an gekühltem Sekt liegen. Petra trat inzwischen an den Wohnzimmerschrank und nahm drei Sektgläser heraus. Oliver stellte sich hinter Petra, umfasste ihre Schultern, steckte sein Gesicht in ihre braunen langen Haare.

„Hat er irgendetwas bemerkt, glaubst du, er ist völlig ahnungslos?", fragte er leise. „Ich habe dem Neujahrsschwimmen noch nie so entgegengefiebert wie in diesem Jahr." Seine Hände strichen über Petras Schulterblätter und blieben auf ihren Hüften liegen. Ein Schauer lief Petra über den Rücken. Es war das Gefühl einer Gänsehaut. Schritte waren auf der Kellertreppe zu hören, näherten sich dem Wohnzimmer. Sie drehte sich geschickt aus der beginnenden Umarmung und trug die Gläser zum Tisch. Während Klaus sich am Korken der Sektflasche zu schaffen machte, sah Petra Oliver mahnend an. Oliver senkte zuerst die Augen, konnte Petras Blick nicht mehr standhalten.

„Auf ein gutes, neues Jahr. Lass uns heute schon darauf anstoßen", unterbrach Petra rettend die Stille.

„Auf unser Abenteuer." Klaus erhob das Glas und blickte zu Oliver hinüber.

„Prost! Auf den Tag, an dem wir uns zufällig wieder begegnet sind", sagte er und stieß mit Klaus an. Dann erzeugten Petras und sein Glas einen angenehmen Klang. Sie standen dicht beieinander. Wieder begegneten sich ihre Blicke. Petra konnte in Olivers Augen lesen wie in einem Buch. Sie strahlten Verlangen aus, Gier, eine Spur von Qual glaubte sie auszumachen. Sie löste die Spannung, indem sie lächelte und ihre Augen schloss, länger als einen Wimpernschlag.

„Lasst uns den Tag besprechen. Ich fahre", sagte Klaus. „Mein BMW ist groß genug, wir können problemlos all unser Gerödel einladen."

„Ich werde uns ein kleines Picknick zubereiten", sagte Petra. „Heißen Tee mit und ohne Schuss. Oder wollt ihr lieber Kaffee? Soll ich einen Kuchen backen?", fuhr sie fort.

„Nein, nein", antwortete Oliver. „Tee ist am besten, vorher natürlich ohne Alkohol. Aber für die Portion danach brauchst du mit den Prozenten nicht zu sparen. Am besten ist starker Rum mit etwas Tee. Natürlich gibt es auch eine Verpflegung vor Ort, aber es ist schon besser, wir haben unsere eigenen Getränke stets parat, und Kuchen ist immer gut."

Als Oliver sich von Klaus und Petra an diesem Vorbereitungsabend verabschiedete, war alles besprochen, was für das Neujahrsschwimmen relevant war.

„Planung ist schon der halbe Erfolg", sagte Oliver und er drückte Petra eine Spur zu lange bei der Verabschiedung.

Klaus legte besitzergreifend den Arm um Petras Schulter. „Ich habe mir zwar einen Neoprenanzug von dir geliehen, aber im Gegenzug leihe ich dir nicht meine Petra", sagte Klaus und lachte. „Tschüs, bis nächsten Samstag. Wenn noch was sein sollte, wir telefonieren."

Petra wusste, dass dieses kein blöder Spruch von Mann zu Mann war. Klaus meinte es durchaus ernst, was er gerade gesagt hatte. Seine ewige Eifersucht und sein Misstrauen schwangen in diesen Worten mit.

Silvester war vorbei. Es herrschten empfindlich kalte Temperaturen. Das Neujahrsschwimmen stand bevor.

„Ich fahre mit meinem kleinen Fiat", sagte Petra. „Fahrt los, ihr seid die Hauptpersonen im heutigen Theaterstück. Ich habe Pia gefragt, ob sie mich nicht begleiten möchte, damit es für mich nicht so langweilig ist, wenn ich die ganze Zeit dort am Rheinufer und später am Hafenbecken herumstehe, und auf euch warten muss. Sie fährt mit. Ich hole sie ab und wir treffen uns am Klubhaus am Jachthafen. Bis gleich." Klaus saß schon im Auto und ein Blick auf die Uhr ließ nicht viel Zeit für Diskussionen. Sollte Pia doch mitfahren. Er wollte los. „Sei pünktlich", mahnte er, „denke daran, du musst Fotos von uns machen und du musst auch den Autoschlüssel für mich aufbewahren." Oliver öffnete die Beifahrertür.

„Komm schon!", forderte Klaus Oliver auf. „Ich will los!" Oliver sah zu Petra hinüber. Er küsste die Fingerspitzen seiner rechten Hand und pustete Petra über das Dach des schwarzen BMWs seinen Kuss hinüber. Dann setzte er sich neben Klaus. Dieser legte den Rückwärtsgang ein, rollte aus der Garagenauffahrt auf die Straße. Petra winkte ihnen hinterher. Dann schloss sie das Garagentor, ging auf ihren Fiat 500 zu, der auf der anderen Straßenseite stand und entriegelte ihn. Sie stieg ein und parkte ihren kleinen Wagen direkt vor der Garage. Sie blickte in einen wolkenlosen, blauen Himmel. Das Thermometer zeigte -4 Grad. Verdammt kalt, dachte sie. Wo bleiben die angekündigten frühlingshaften Temperaturen? Sie zog ihre warmen Winterstiefel an, ihre daunengefütterte Skijacke und schlang den Schal mehrmals um den Hals. Der Korb mit dem Picknick stand in der Diele bereit.

Obenauf legte sie Handschuhe und Mütze, die würde sie

sicher später gebrauchen.

Sie fuhr jetzt eine Zeit lang mit Olivers rotem Passat auf der Autobahn 52 ihrem Ziel entgegen. Das blöde Gequassel der Radiomoderatoren ging ihr auf den Geist, kein einziges Lied, das bisher gespielt wurde, gefiel ihr. Gerade hatte sie ein grauer VW-Bus mit Essener Kennzeichen überholt. Auf der Heckscheibe Taucheraufkleber. Ob die auch zum Neujahrsschwimmen fahren? Sie öffnete mit der rechten Hand das Handschuhfach, fingerte darin herum, hielt eine CD in der Hand. Die deutsche Schlagerhitparade, las sie. Vor Schreck trat sie auf die Bremse. Mein Gott, wer hatte die denn in Olivers Handschuhfach vergessen? Eine Verflossene? Sie setzte zum Überholen an. Die Scheibe des Seitenfensters bewegte sich nach unten. Eiskalter Wind drängte sich in das Innere des Autos. Petra nahm die CD und warf sie in das Gestrüpp des Mittelstreifens. So, die hört niemand mehr. Lieber ohne Musik als mit so einem Schlagergedudel, dachte sie.

Der Parkplatz war gut gefüllt. Hektisches Treiben zwischen den Autos, Rangieren, Umparken. Heckklappen standen auf, unterschiedliche Musik dröhnte aus den Autolautsprechern, Kinder schrien und Hunde bellten. Ein echtes Familienevent, dachte Petra. Sie parkte weit weg vom Deich. Nahm ihren Korb und ging inmitten schwarzer Figuren und ihren Fans zum Festzelt am Klubhaus. Dort würde sie auf Oliver und Klaus treffen. Einige Schwimmer hatten Badekappen über die Neopren-Kapuzen gestülpt, rote mit einem gelben Plastikentchen obenauf. Zeichen einer Gruppenzusammengehörigkeit. Eine andere Gruppe trug knatschgelbe T-Shirts über der „zweiten Haut". Es gab Schwimmer, die mit aufgeblasenen Kinderschwimmreifen dekoriert waren. Es war eine lustige Gesellschaft, die dem Neujahrsschwimmen entgegenfieberte. Die Wiesen des Deichs waren mit Raureif überzogen und die Pfützen trugen eine dünne Eisschicht. Petra stand vor dem Festzelt, blickte auf das kleine Hafenbecken. Es war eisfrei, die Schwimmer würden später hier problemlos aus dem Rhein steigen können. Vielleicht auf allen Vieren, dachte Petra, wenn sie steif gefroren, die Koordination stark eingeschränkt, an Land krabbeln.

Sie wurde am Zelteingang von den Menschen einfach hineingeschoben, konnte nicht stehen bleiben und Ausschau halten. Der Hitzeschwall eines Wärmepilzes schlug ihr entgegen. Sie konnte kaum atmen. Dann sah sie Klaus. Er winkte ihr lebhaft zu. Neben ihm und Oliver waren noch zwei Plätze auf der Sitzbank frei. Sie bahnte sich den Weg durch die Menschenmenge und steuerte auf die beiden zu. „Wo ist Pia?", fragte Klaus. „Sie hat verschlafen, ich wollte nicht warten." Sie setzte sich auf die harte Bank einer Bierzeltgarnitur. Vor den beiden Männern standen zwei dampfende Becher Tee.

„Mir ist jetzt bereits so kalt, dass ich meine Hände nicht mehr spüre", sagte Klaus und umfasste den warmen Becher. „Ich glaube, ich kann einen Schluck aus der Dopingkanne gebrauchen." Petra öffnete ihre Frischhaltebox und zum Vorschein kam ein gedeckter Apfelkuchen, Klaus´ Lieblingskuchen. „Und jetzt ein Schlückchen zum inneren Aufwärmen", sagte Klaus und hielt Petra seinen Becher hin. Sie ergriff die rote Thermoskanne und schenkte ihm nach. Der heiße, stark gesüßte Tee floss in den Becher.

„Du auch noch einen Schluck?" Petra hielt Oliver die Kanne hin. „Ohne natürlich", sagte sie. Doch Oliver schüttelte den Kopf. „Das Mit habe ich extra eingepackt", überraschte Petra Oliver. „Jeder kann seine Alkoholkonzentration nach Belieben wählen, wenn er möchte." Sie öffnete den Korb und zog eine kleine Flasche Bacardi hervor. Klaus schraubte unter dem Tisch den Deckel von der Flasche ab und reicherte seinen Tee mit einem ordentlichen Schuss an. Petra zuckte die Schultern. „Er ist alt genug, er muss selber wissen, was er tut." Oliver nickte. „Nur die Harten kommen in den Garten", sagte er. Sie prosteten sich zu.

Zwölf Uhr, der offizielle Teil begann. Begrüßung, Ablaufinformationen, nochmaliger Hinweis auf die einzuhaltenden Sicherheitsmaßnahmen. Gegen eine hatte Klaus gerade bereits verstoßen: Vor und während des Schwimmens kein Alkoholkonsum. Beide hatten ihre Startnummern gut sichtbar am rechten Handgelenk. Zwölf Uhr dreißig, mit den lauten Wünschen durch die Lautsprecheranlage „Viel Spaß" und „Gut Nass" schickten die offiziellen Sprecher die Schwimmer auf den Weg. Die Shuttlebusse standen bereit. Der Andrang war groß. Ein Bus füllte sich nach dem anderen. Klaus und Oliver hielten sich etwas zurück.

„Hier hast du den Autoschlüssel", sagte Klaus und hielt ihn Petra entgegen.

„Die fangen schon nicht ohne uns an", sagte Oliver. „Start ist erst um vierzehn Uhr. Bis dahin sind wir auch da."

„Lassen Sie bitte den Schwimmern den Vortritt. Für die Begleitpersonen ist der nächste und übernächste Bus vorgesehen", rief einer der vielen Helfer. Petra winkte. „Wir sehen uns gleich!" Oliver und Klaus stiegen in den Bus. Petra schoss den ersten Teil der versprochenen Fotos.

Es war gar nicht so einfach, sich zu orientieren. Als Petra

aus dem Bus stieg, der in Ufernähe, direkt an der Kniebrücke parkte. Vor ihr breitete sich ein riesiges Gewimmel von Menschen aus, die sich auf den raureifüberzogenen Rheinuferwiesen tummelten. Sie verspürte einen leichten Anflug von Angst, Oliver und Klaus in der Menschenmenge nicht zu entdecken. Eine große Schar Schaulustiger hatte sich eingefunden und wollte dem traditionellen Spektakel beiwohnen. Auf der Promenade an der Düsseldorfer Altstadt, auf der anderen Rheinseite, drängten sich die Menschen. Boote der Wasserschutzpolizei und der DLRG fuhren hin und her. Ein riesiger Frachtkahn tauchte unter der Rheinkniebrücke auf. Seine Bugwelle erreichte das Ufer, überspülte die Kiesel. Petra hörte ihren Namen. Oliver schrie und winkte. „Hey, hierher, hier sind wir." Sie balancierte über die hartgefrorene Wiese und über Steine auf Oliver und Klaus zu. Oliver verlangte nach einem Tee. Petra holte zwei Plastikbecher aus ihrem Korb, schraubte den Deckel der Warmhaltekanne ab und füllte beide Becher. Klaus hatte seine Neopren-Handschuhe bereits angezogen, Fäustlinge. Er konnte kaum den weißen Plastikbecher halten. Er drückte etwas zu fest und der Becher bekam einen Riss. Petra schraubte erneut den Deckel von der Kanne ab. Dieser konnte auch als Becher genutzt werden und war stabiler als die Plastikbecher. Sie schenkte ihn voll und reichte ihn Klaus. „Dieser Tee ist bereits etwas angereichert", sagte sie und grinste. Mit beiden Händen nahm Klaus den Becher entgegen und leerte ihn gierig in einem Zug. Oliver drehte sich um, sah auf den Rhein. Seine Füßlinge waren nass, auch er hatte mehr des Tees verschüttet als getrunken.
Lange durfte es nicht mehr dauern, dann würde der Startschuss fallen. Die meisten Schwimmer standen bis zum

Bauch im Wasser und gewöhnten ihren Körper an die mörderische Kälte. Auch Klaus und Oliver stiegen in den Rhein. Mit einem Megafon erteilte der Sprecher den Startschuss. Petra hatte weitere Fotos gemacht und stand am Ufer. Sie hatte gar nichts gehört. Aber da alle gleichzeitig in die Fluten strebten, musste der Start wohl erfolgt sein. Für einige Akteure schien es ein Wettbewerb zu sein. Sie kraulten los, als wollten sie einen Rekord brechen. Andere setzten sich gemütlich auf die Rheinkiesel, zogen in aller Ruhe ihre Flossen über die Füßlinge und gingen rückwärts ins Wasser. Klaus und Oliver wurden von der Strömung erfasst und entfernten sich. Petra versuchte, die beiden mit den Augen zu verfolgen, aber schnell waren sie von der Menge der Teilnehmer verschluckt. Waren das Oliver und Klaus, da, neben der Gruppe mit den gelben Entchen auf dem Kopf? Oder waren es die beiden dort drüben? Nein, Klaus hatte keinen gelben Schnorchel. Die mehr als 250 Schwimmer bewegten sich mit der Fließgeschwindigkeit des Flusses. Sechs Kilometer lagen vor ihnen.

Petra beeilte sich, zurück zum Jachthafen zu kommen. Die Shuttlebusse für die Begleitpersonen standen bereit. Alle Helfer waren bereits in Aktion und warteten auf die Rückkehr der Schwimmer. Volksfeststimmung herrschte. Petra starrte auf die Einmündung zum kleinen Hafen. Diese winterliche Landschaft hatte eine beruhigende Wirkung auf sie. Die Zuschauer waren dick eingemummelt und schützten sich gegen die Kälte. Andere hüpften auf der Stelle und versuchten, durch Bewegung gegen den Frost anzukämpfen. Die wartenden Zuschauer hielten dampfende Getränke in den Händen. Dann endlich: Ein Raunen ging durch die

Menschenmenge.

„Sie kommen! Die Ersten kommen, macht euch bereit, sie zu empfangen."

Vor der Hafeneinfahrt zeigte sich ein Boot der Wasserschutzpolizei, dann ein kleines, rotes Sportboot. Die Besatzungen mussten an dieser Stelle im Fluss darauf achten, dass kein Schwimmer an der Hafeneinfahrt vorbeitrieb. Kraulend durchschnitt der erste Teilnehmer das Wasser, bahnte sich seinen Weg durch dümpelnde Boote und hielt Kurs auf die Betontreppen, den Ausstieg. Die Menschen jubelten, klatschten. Der Erste stand auf festem Grund und zog seine Flossen von den Füßen. Händeschütteln, die Erinnerungsmedaille wurde umgehängt. Blitzlichtgewitter. Petra blickte in eine dunkelrote, fast blaue Masse mit zwei Augen. Die Kopfhaube war so eng, dass ein völlig verquetschtes Gesicht aus der Öffnung hervorquoll. Sie dachte an eine Horrormaske, aber der Ausdruck war irgendwie glücklich. „Geil", rief dieser Teilnehmer. „Leute, das war geil. Ich bin im nächsten Jahr wieder dabei." Tee wurde gereicht.

„Mit Schuss oder ohne?"

„Mit natürlich", rief der erste Schwimmer, der den Fluten des Rheins gerade entstiegen war. Jetzt ging es Schlag auf Schlag. Immer mehr Schwimmer drängten sich im Hafenbecken. Es gab einen Stau beim Ausstieg, Schlange stehen bei der Ordensverleihung. Petra entdeckte Oliver. Er schwamm um das gelbe Segelboot herum, versuchte sich daran festzuhalten. Er schien ebenso am Ende seiner Kräfte zu sein, wie die meisten anderen. Er musste warten. Mit einer Hand griff er nach einem Tau, mit dem ein Seglboot befestigt war. Er rutschte ab. Dann griff er nach einem blau-

74

en Fender, der an der Bordwand eines winzigen Motorbootes baumelte. Die Gruppe mit den gelben Entchen auf dem Kopf erreichte den Ausstieg. Sie schien nicht mehr vollzählig zu sein. Einige würden erst später am Ziel ankommen. Oliver folgte ihnen. Er erreichte die Stufen, riss sich die Flossen von den Füßen, stieg aus dem Rhein. Er passierte Petra, die auch hinter den Absperrungen Spalier stand. Er strahlte sie glücklich an. „Job erledigt. Es war leichter, als ich erwartet habe", flüsterte er ihr zu. Die Medaille baumelte um seinen Hals. Petra hielt ihm den blauen Becher der Thermoskanne entgegen. „Hier, das tut gut. Rum mit Tee, wie gewünscht, jetzt darfst du auch." Er atmete schwer. „Ich, ich bin total fertig", stöhnte er. „Ich geh schnell duschen und dann nehme die Zielregistrierung vor. Holst du mir die warmen Anziehsachen aus dem Auto und bringst sie mir zur Umkleidekabine?"

Petra nickte und kehrte der Menschenmenge den Rücken zu. Ruhig und mit Bedacht ging sie den Deich hinunter, bog zum Parkplatz ab. Zielstrebig bewegte sie sich auf Olivers roten Passat zu. Daneben parkte mit geöffneter Heckklappe der schwarze BMW von Klaus.

„Ich habe Olivers Kleidung bereits in seinen Wagen umgeladen, alles auf die Rückbank gelegt", sagte Uwe. Er verriegelte beide Autos und gab Petra die Autoschlüssel. „Was machen wir damit?", fragte Petra und steckte sie vorerst in die Handtasche.

Petra öffnete die Thermoskanne, schüttete die restliche Flüssigkeit auf die angrenzende Wiese. Zurück blieb ein grüner Fleck ohne Raureif. An die Wurzel der gegenüberliegenden Hecke schüttete sie den Rest des Bacardis und steckte die leere Flasche in einen Mülleimer.

„Möchtest du ein Stück Apfelkuchen?", fragte Petra.

„Nein, lass uns zum Medienhafen fahren, ich spendier dir eine Currywurst mit Blattgold und einen heißen Tee", antwortete Uwe.

„Dort werden wir die Schlüssel in den Rhein werfen." Petra stieg zu Uwe ins Auto. Sie schmiegte sich zärtlich an ihn. Langsam rollten sie auf die Parkplatzausfahrt zu. Uwe setzte den Blinker. Er musste warten, weil von links einige Autos kamen. Kurze Zeit später passierte sie ein Rettungswagen. Das Martinshorn und Blaulicht ließ sie abwarten.

„Ob Oliver dort hinten drin liegt?", fragte Petra und sah Uwe von der Seite an. „Meinst du, das Gift wirkt so schnell? Oder haben sie bereits Klaus aus dem Rhein gefischt?"

DIE NEUE
Britt Glaser

Das Hammelfleisch durfte nicht zu groß bleiben, aber auch nicht zu klein geschnitten sein. Zu große Stücke mochte Tina nicht und über zu kleine Fleischstücke beschwerte sich Mario. Er kam frisch geduscht aus dem Bad im Obergeschoss und stieg schwungvoll die Treppe herunter, dabei summte er eine Melodie. Hinter Tina blieb er stehen, griff ihre Hüften und zog sie zu sich heran. Seine Lippen berührten ihre Wange.

„Ich bin zum Mittagessen wieder da", säuselte er ihr ins Ohr, „und du wirst mein Nachtisch sein." Tina legte Kartoffel und Messer aus der Hand und drehte sich zu Mario herum. Küsste ihn und fragte: „Bist du bei John?"

„Ja, ich soll mir seinen Vespa-Roller anschauen. John meint, nur ich könne ihn wieder hinbekommen."

„Aber du bist doch Kfz-Mechaniker und kein Rollerfachmann", meinte Tina.

„Er glaubt, ich habe das besondere Feingefühl, welches nur Italiener besitzen, dieses Fingerspitzengefühl, weißt du?", hauchte er und strich über ihren Hals und das Dekolleté, küsste Tina noch einmal und löste sich dann von ihr. Er zog sich die Jacke über und fragte auf dem Weg zur Haustür: „Gibt es schon wieder diesen Eintopf?"

„Ja. Aber es ist nicht irgendein Eintopf, es ist „Irish Stew" und es gehört zu diesem Land wie seine Schafe."

„Du siehst das falsch, mein Schatz. Weil es in diesem Land so viele Schafe gibt, werden sie zu Eintopf verarbeitet und gegessen."

„Ich habe ein neues Rezept von Johns Frau bekommen, es

wird dir sicher schmecken", sagte Tina und warf Mario eine Kusshand zu.

„Für morgen wünsche ich mir aber ein vernünftiges Essen", sagte Mario im Rausgehen. „Spaghetti a la Mama!"

Oh, diese Italiener, dachte Tina und lachte. Morgen würde sie ihm seine Nudeln zubereiten, so wie sie es mindestens zweimal in der Woche tat. Spaghetti, Lasagne, selbst gemachte Tortellini, das war Marios kulinarisches Leben. Keinesfalls normale deutsche Hausmannskost und schon gar nicht die irische Küche, die aß er nur, um nicht zu verhungern.

Sie lebten nun schon zwei Jahre am äußersten Rand eines kleinen Dorfes auf Lettermore Island, einer kleinen Insel in Irland. Marios Onkel Vincenzo war ein erfolgreicher Schriftsteller und hatte das Haus, in dem sie wohnten, vor vielen Jahren gekauft, um sich zurückzuziehen und um seine Romane zu schreiben. Als er starb, vermachte er Mario das Haus samt Grundstück und eine Menge Geld. Da es bei Mario beruflich gerade nicht so gut lief, sagte er zu Tina: „Kündige deinen Job, wir machen in Irland eine Auszeit." So lebten sie jetzt bereits seit zwei Jahren in Ruhe und Abgeschiedenheit zwischen Wiesen und Schafen im County Galway.

Neben dem Haus hatte Mario sich eine kleine Werkstatt gebaut, reparierte die Fahrzeuge der Nachbarn und bastelte an alten Autos herum. Wenn sie fahrtüchtig und generalüberholt waren, verkaufte er sie wieder.

„Die Italiener" wurden Tina und Mario von den Einheimischen genannt. Die Nachbarn erzählten oft stolz von Vincenzo, der genau so viel Whiskey vertrug wie ein waschechter Ire. Sie machten Mario Mut, dass er es in einigen Jahren auch schaffen würde.

Tina schälte Zwiebeln, schabte Möhren und schnitt alles klein. Sie holte einen großen Topf vom Haken und stellte ihn auf den Herd. Das war auch so eine Sache, an die sie sich erst hatte gewöhnen müssen, als sie in das Haus des Onkels zogen. In der Küche gab es keine Schränke. Die Töpfe und Pfannen waren an Haken befestigt, Tassen wurden am Henkel ebenfalls aufgehängt und war dieser abgebrochen, wurde die Tasse zu den Tellern ins Regal gestellt. Es gab wenig in der Küche, aber doch alles, was man brauchte.

„Da muss ich erst von Deutschland nach Irland ziehen, um eine aufgeräumte Küche zu haben", sagte Tina immer wieder. Aber, dass ihr Mario stets seine Nudelgerichte essen wollte, und nie an zwei aufeinanderfolgenden Tagen das gleiche Mittagessen verspeisen würde, das hatte sich auch nach beinahe zehn Ehejahren nicht geändert.

„Tja, nicht richtig erzogen", sagte ihre Schwester dazu. Tina legt die Hälfte der Kartoffeln in den großen Topf und darauf das zerkleinerte Lammfleisch. Die restlichen Kartoffeln sowie Zwiebeln und Möhren legte sie über das Fleisch. Obendrauf kamen einige Stängel Petersilie. Alles wurde mit Wasser übergossen, bis es bedeckt war, und dann zum Kochen gebracht. Während das Irish Stew auf kleinster Stufe vor sich hinbrodelte, überlegte Tina, was sie in der Stadt alles zu erledigen hatte. Sie machte sich immer einen Zettel, damit sich die einstündige Fahrt in die Stadt auch lohnte und sie nichts vergaß. Die Liste war schnell geschrieben und Tina hängte ihr Kleid, das sie beim letzten Dorffest trug, an die Garderobe, um es morgen in die Reinigung zu bringen. Auch Marios Sakko würde sie mitnehmen. Sie leerte seine Taschen und zum Vorschein kamen eine 20- und eine 50-Pfund-Note. Beide legte sie auf die Anrichte neben der Garderobe.

„Das ist wieder typisch Mario, warum kann er sein Geld nicht ins Portemonnaie stecken, wie jeder andere auch", tadelte Tina und lächelte. Sie musste an ihre Oma denken, die sie vor Mario gewarnt hatte. Die Worte klangen ihr noch heute in den Ohren: „Kind, nimm dir keinen Ausländer. Die haben ganz andere Sitten und Bräuche als wir." Dass Mario in Deutschland aufgewachsen war, brachte die Oma auch nicht von ihrer Meinung ab.

Tina holte aus der anderen Jacketttasche einen weiteren Geldschein und legte ihn zu den anderen. Dann sah sie im geknickten Schein einen Zettel stecken. Sie entfaltete das Blatt und las eine Adresse, die ihr nicht vertraut war, sie kannte nicht einmal die Stadt. Es war eine Quittung, für ein Hotelzimmer – ein Doppelzimmer.

Vielleicht ist Mario der Zettel beim Einkaufen oder im Pub in das Jackett gerutscht, dachte sie. Ja, genauso könnte es gewesen sein. Flüchtig schaute sie auf den Kalender und stellte fest, dass Mario an diesem Wochenende mit John zum Angeln war. Tinas Beine wurden weich. Sie verglich das Datum wieder und wieder, aber es waren genau diese Tage, an dem Mario angeln war.

Ein Doppelzimmer, übers Wochenende, überlegte Tina mit ihrem zweiten Glas Whiskey in der Hand. Da hat Angeln ja gleich eine ganz neue Bedeutung! Schatz, ich bin Angeln – Petri Heil braucht man ja nicht mehr zu sagen, sondern viel Glück auf der Pirsch und fang dir keine Krankheiten ein. Hatte Oma doch recht? Jetzt, wo sie beide eine Auszeit nahmen und sich hier in dem Häuschen und dem Dorf gerade eingelebt hatten, würde er nun eine andere Frau wollen oder nur auf Abenteuer aus sein? Plötzlich fand Tina sich selbst langweilig. Sie hatte sich gefreut, hier in Irland während ihrer Auszeit sich selbst verwirklichen zu können. Sie hatte sich für unterschiedliche Fernstudien angemeldet. Das Lernen machte ihr Spaß. Vor allem wollte sie schreiben und das Autorenhandwerk erlernen. Klar würde sie nie an die schriftstellerischen Fähigkeiten von Onkel Vincenzo heranreichen, aber für sie stand der Spaß am Schreiben im Vordergrund. Aber womöglich war es nicht das, was Mario sich unter ihrer Auszeit vorstellte. Vielleicht mochte er ihren Ausflug in die Selbstständigkeit gar nicht. Was hielten Italiener von emanzipierten Frauen, überlegte Tina. Mario machte immer einen glücklichen Eindruck. In ihrer Ehe lief alles rund und in seiner Werkstatt schien er mehr als glücklich zu sein, schließlich liebte er Autos und alles, was nach Öl und Benzin roch. Doch der Gedanke, dass da eine andere Frau im Spiel sein könnte, ließ sie nicht los. Vielleicht war die Andere eine Kfz-Mechanikerin und interessierte sich mehr für seine Autoleidenschaft? Vor Tinas innerem Auge erschien eine junge blonde und vollbusige Frau, die nach Öl und Benzin roch. Sie schimpfte sich selbst aus, da ihre Fantasie mit ihr durchzugehen schien. Sie versuchte, sich zu beruhigen, schließlich würde Mario bald zum Essen nach Hause kommen, dann könnte sie ihn auf die Hotelrechnung ansprechen. Oder aber sie würde ihn erst einmal im Auge behalten und herausfinden, ob er sie betrog oder nicht.

Es kam Tina wie eine Ewigkeit vor, bis er endlich wieder zu Hause war.

Beim Essen erzählte Mario von Johns Motorroller und dem

Auto, das er bereits seit Tagen reparierte. Man hätte meinen können, er spräche über eine wunderbare erlebnisreiche Urlaubsreise. Dann hielt er inne und sagte: „Das ist aber heute anders."

„Was?"

„Na, dieses irische Essen, wie heißt es noch?"

„Irish Stew. Es ist ein neues Rezept", antwortete Tina.

„Sehr lecker, hast du gut gekocht, mein Schatz", sagte Mario.

„Da es dir so gut schmeckt, hast du sicher nichts dagegen, wenn es morgen noch einmal das gleiche Gericht gibt. Es ist nämlich noch ein Rest übrig und ich habe keine Zeit zum Kochen, da ich in die Stadt fahre und nicht genau weiß, wann ich wiederkommen werde."

„Ja, ist gut", sagte Mario, gab Tina einen Kuss auf die Wange. „Ich bin in der Garage, habe noch eine Menge zu tun." Dann verschwand er durch die Tür. Tina räumte den Tisch ab und konnte nicht glauben, dass ihr Mann das gleiche Essen morgen noch einmal essen würde. So etwas war in den beinahe zehn Jahren ihrer Ehe noch nie vorgekommen. Nun wusste sie nicht, ob sie sich freuen oder skeptisch sein sollte. Wollte er sie ruhigstellen, in Sicherheit wiegen, war es das?

Am Nachmittag machte sie einen langen Spaziergang und ließ sich den lauen Wind ums Gesicht wehen. Als es dunkel wurde, kehrte sie heim und hatte beschlossen, das Leben nicht so ernst zu nehmen. Nach dem gemeinsamen Abendessen setzte sie sich vor den Fernseher, während Mario noch mit seinen Eltern und Geschwistern telefonierte. Als der Spielfilm durch eine Werbepause unterbrochen wurde, ging Tina in die Küche und nahm sich ein Guinness aus dem

Kühlschrank. Mario saß in der Bibliothek, die neben vielen Büchern auch sämtliche Werke des verstorbenen Onkels enthielt und telefonierte. Von seinem Italienisch verstand Tina nur Wortfetzen, aber ganz deutlich hörte sie mehrmals den Namen „Giulietta" aus seinem Mund. Doch der Name war nicht nur so dahingesagt, sondern eher gehaucht Giuu-lieie-eettaa, wie es nur Italiener voller Leidenschaft aussprechen konnten. Tinas Magen krampfte sich zusammen. Also doch eine Frau.

Italiener stehen auf Rassefrauen, schwarzhaarig, mit von der Sonne gebräunter Haut. Oder aber blonde Busenwunder! Und ich bin weder blond noch ein Busenwunder und rassig schwarzhaarig bin ich auch nicht, was liebt er denn eigentlich an mir, fragte sie sich.

Wie gern würde Tina ihre Familie anrufen, mit ihrer Schwester reden oder mit ihrer Mutter. Doch diese Blöße gab sie sich nicht, denn ihre Familie hatte Mario nie so richtig akzeptiert, das hatte Tina immer gespürt. Würden sie sich nun freuen und im Stillen sagen: „Hab ich nicht immer gesagt, dass mit Mario geht nie und nimmer gut?" Tina beschloss zu schweigen und brauchte Zeit zum Nachdenken.

Am nächsten Tag erledigte sie alle Einkäufe, danach setzte sie sich in ein Café. Versuchte, ihre Gedanken zu ordnen. Doch in ihrem Kopf bauten sich keine klaren Zusammenhänge auf. Dauernd dachte sie an diese Frau, mit der Mario womöglich das Wochenende im Hotel verbracht hatte.

Am Abend war Mario bei John zum Kartenspielen, das sagte er jedenfalls, ob es wirklich so war, daran zweifelte Tina. Sie setzte sich in die Bibliothek und trank einen Whiskey. Mit dem Glas in der Hand, prostete sie Marios verstorbenem Onkel zu und fragte ihn, ob er auch solche Probleme gehabt hatte wie sie und wenn ja, wie er sie gelöst hatte? Dabei streifte ihr Blick über seine gesammelten und selbst geschriebenen Bücher, die ordentlich im Regal standen. Sie hatte alles vom Onkel gelesen. Die frühen Werke, bis hin zu den Bestsellern, in denen Menschen sich selbst Jahrzehnte später rächten, für etwas, das ihnen einmal angetan wurde. „Ja, in den Büchern gibt es für alles eine Lösung, nicht wahr, Onkel Vincenzo, aber was mache ich jetzt? Wenn Mario mich verlässt, habe ich nichts mehr. Kein Haus, keine Bibliothek, einfach nichts", lallte Tina nach dem vierten Whiskey und torkelte durchs Haus in ihr Bett. Ein tiefer Schlaf übermannte sie.

Es war noch dunkel, als sie erwachte und unbändigen Durst verspürte. Sie lag im Bett und überlegte, ob sie es wagen könne aufzustehen, ohne sich zu übergeben, denn alles um sie herum schien in Bewegung zu sein. Selbst Mario bewegte sich, drehte sich zu ihr und flüsterte: „Bella Giulietta. Bella …" dann atmete er ruhig und gleichmäßig weiter.

Jetzt träumte er also schon von ihr und nannte ihren Namen im Schlaf. So konnte es unmöglich weitergehen. Dabei dachte Tina noch vor einigen Tagen, sie führten eine super Ehe, so kurz vorm zehnten Hochzeitstag. Doch diesen Tag würden sie wohl nicht mehr gemeinsam erleben. Erleben, dachte sie, wir müssen diesen Tag keinesfalls erleben. Sie würde es machen wie in Onkel Vincenzos Büchern.

Früh am Morgen war sie sofort hellwach und fuhr ins Dorf. Bei ihrer Rückkehr war Mario bereits in seiner Werkstatt, für ihr Vorhaben passte das sehr gut. Sie nahm den Mörser vom Regal und stampfte einige Tabletten zu feinem Pulver. Anschließend schnippelte sie das gewaschene Gemüse klein, das sie für die Spaghetti-Sauce brauchte und dachte daran, dass es ihr letztes gemeinsames Mahl sein würde. Voller Wehmut zogen die schönen Jahre noch einmal in Gedanken vorüber, seine Zärtlichkeiten, sein Humor und die Essgewohnheiten, die nach ihrer Meinung einen Italiener ausmachten. Tränen liefen über ihre Wangen. Was, wenn er sie jetzt weinen sah? Ach, ich werde sagen, es ist von den Zwiebeln und dem Porree, dachte sie und schob das Gemüse in das heiße Fett. Mario liebte Spaghetti und Soße a la Mama, mit Zwiebeln, Porree und jeder Menge Knoblauch. Dort konnte sie von dem Schlaftablettenpulver einfach die notwendige Portion untermischen, ohne dass es ihm auffiel.

Mario betrat das Haus und blickte zum Herd. Leise sagte er: „Ach, Schatz, ich habe ganz vergessen, dir zu sagen, dass ich über Mittag bei John bin. Er hat gravierende Probleme und da es länger dauert, wird er für uns grillen. Also mach dir um mich keine Sorgen."

Du solltest dir aber um dich Sorgen machen, Freundchen, dachte Tina und schüttete die mühevoll zu Pulver zerstampften Tabletten in einen Briefumschlag. Diesen verschloss sie sorgfältig und versteckte ihn zwischen Onkel Vincenzos Büchern.

Am nächsten Tag widmete sie sich ihrem Vorhaben auf einer anderen Art und Weise. Die lange schlaflose Nacht hatte ihre Fantasie angeregt und sie auf eine neue Idee gebracht, Mario zu beseitigen. Die Hebebühne in der Werkstatt wäre ein tolles Instrument, das ihn langsam zerquetschen würde. Genauso, wie er es verdiente, schließlich betrog er sie nach all den Jahren. Wenn sie nicht handelte, würde sie bald Platz machen müssen für die Neue, aus dem Haus verschwinden, zurück nach Deutschland, ihr bisheriges glückliches Leben in Irland zurücklassen. Aber nicht mit mir, das hatte sie sich geschworen. Tina lief durch alle Räume und kontrollierte, ob die Fenster geschlossen waren, alles an Ort und Stelle stand, wo es hingehörte. Sie räumte noch gebügelte Wäsche in den Schrank und betrat dann das Bad, um neuen Lippenstift und Wimperntusche aufzulegen. Dabei berührte sie ungeschickt ihr Auge, weil ihre Hände so zitterten. Um den Schmerz zu betäuben, lief sie eilig in die Bibliothek und goss sich einen doppelten Whiskey ein, den sie in einem Zug runterkippte. Kurz schüttelte sie den Körper, wie man es von Hunden kennt, atmete noch mal tief ein und aus und flüsterte: "Ich bin zu einem Mord fähig." Sie ging zur Haustür und drückte die Türklinke. Das laute Klingeln des altmodischen Telefons riss sie aus ihrer Konzentration. Vielleicht ist es wichtig, überlegte sie, lief in die Bibliothek und nahm den Hörer ab. Es war ihre Schwester, die hin und wieder anrief, um zu erfahren, ob es ihr und Mario gut ging und was sie so machten. Schließlich war es schon etwas Besonderes für ihre Verwandtschaft, dass sie mit einem Italiener verheiratet war und nun auch noch von dem Erbe seines Onkels leben konnten.

Dass das Leben für Tina im Moment nicht einfach war und sie in diesem Augenblick eigentlich den letzten Lebenshauch aus ihrem Mario herauspressen wollte, erzählte sie ihrer Schwester nicht. Sondern von den Treffen mit den Nachbarn, dem Fernstudium und der ersten Veröffentlichung einer Geschichte, die sie vor Kurzem geschrieben hatte. Sie ließ ihre Schwester in dem Glauben, dass alles bestens sei. Die Schwester erzählte vom Bewerbungsstress ihres ältesten Sohnes. So wie von unzähligen Überstunden, die sich bei ihrem Job angesammelt hatten, weil immer wieder Kollegen ausfielen, aber kein Ersatz eingestellt wurde.

Nach zwanzig Minuten Smalltalk legte Tina den Hörer auf und merkte, dass der Whiskey, den sie während des Telefonierens getrunken hatte, ihr bereits zu Kopf gestiegen war. Kichernd goss sie noch einmal nach, prostete Onkel Vincenzos Geist zu, den sie irgendwo zwischen den Büchern vermutete und lallte, dass alles wieder gut werden würde.

Der nächste Tag begann mit Kopfschmerzen, die erst am Nachmittag, dank einiger Aspirin, wieder verschwunden waren. Wieder nüchtern, kroch in Tina Wut hoch, gemischt von der Angst verlassen zu werden, ausgetauscht, fortgejagt. Sie wollte weder Mario aufgeben noch ihr eigenes Leben. Also würde es heute geschehen, sie musste es tun, bevor er sie ausrangierte, wie ein altes Wäschestück. Tina würde sich nicht von Telefongeklingel oder irgendetwas sonst aufhalten lassen, heute nicht. Damit die Entschlossenheit nicht durch die Tränen der Enttäuschung fortgespült würde, genehmigte sie sich einen dreifachen Whiskey.

Wie in Trance betrat sie die Werkstatt und schlich zum Schalter, der die Hydraulik der Hebebühne hoch- und runterfahren ließ. Ein kleiner englischer Sportwagen stand auf der Bühne. Gleich würde sie auf den Knopf drücken, langsam würde sich die Hebebühne senken. Sie würde ihren Daumen nicht von dem Knopf nehmen. Am besten schließe ich die Augen, bis es vorbei ist, dachte sie. Toller Tod für Mario, wo er doch Autos über alles liebt. Sie streckte die Hand aus und berührte den Knopf für die Absenkung der Bühne. Kurz drücken, dann würde es gleich vorbei sein. Sie vergewisserte sich noch einmal, dass Mario auch unter dem Wagen lag. Sie hörte ihn schrauben. Sein Oberkörper war unter dem Wagen verschwunden, nur die Beine, die in dem blauen Arbeitsoverall steckten, würden gleich zu zappeln beginnen, wenn der Wagen den Körper zerdrückte. Tina holte tief Luft, zählte von fünf rückwärts, bei null würde sie den Knopf drücken. Vier, drei, zwei, eins …

„Shit, Shit, Shit", ertönte es unter dem Wagen. Tina erstarrte. Das war nicht Marios Stimme. John rollte unter dem Auto hervor. Tina ließ die Hand sinken. Im gleichen Moment kam Mario um das Auto gelaufen und fragte: „Was ist los?" John, der bereits auf dem Rollbrett saß und sich einen alten Lappen vors Gesicht hielt, fluchte: „Verdammt! Ich habe was ins Auge bekommen."

„Kannst du ihm helfen?", fragte Mario und verschwand unter dem Wagen. Klar, der Wagen war wichtiger für ihn, nicht die Verletzung von Johns Auge. Typisch. Tina leitete John ins Bad und drehte das Wasser an. Als er sein Auge ausgewaschen und festgestellt hatte, dass es nicht verletzt war, fragte John: „Was ist mit dir?"

Tina schaute ihn fragend an und er flüsterte: „Whiskey am Tag? Wir haben keinen Winter und es ist auch nicht kalt draußen." Tina kicherte verlegen und brach dann in Tränen aus. „Was ist los?", fragte John besorgt.

„Du weißt es doch ganz genau, hast doch Mario das Alibi gegeben. Er war mit ihr sogar im Hotel übers Wochenende." „Ich verstehe nicht", meinte John.

„Ich weiß, dass Mario eine Geliebte hat, er spricht sogar im Schlaf von ihr, von Giulietta", brachte Tina heiser hervor und weinte noch mehr.

„Giulietta?", fragte John.

„Ja, Giulietta!", fauchte Tina. „Er war mit ihr zusammen, als ihr angeblich zum Angeln wart. Hat sogar am Telefon von ihr gesprochen, seiner Familie von der Neuen erzählt."

John legte ihr eine Hand auf die Schulter und flüsterte:

„Tina, bitte beruhige dich, alles ist in Ordnung, Mario arbeitet viel, mehr nicht. Es gibt keine andere Frau in Marios Leben, bitte glaube mir."

Tina schluchzte und fragte immer wieder, ob Mario wirklich keine andere Frau habe, und John flüsterte: „Nein, keine Andere." Dabei tätschelte er Tina den Rücken und versicherte es immer wieder.

Tina beruhigte sich etwas, aber so ganz konnte sie John nicht glauben, vielleicht steckte er ja doch mit Mario unter einer Decke. Sie würde sich etwas anderes einfallen lassen, vielleicht sollte sie Mario gar nicht mit Gift oder unter der Hebebühne ermorden, sondern … ja, wie sonst?

Als sie aus dem Badezimmerfenster schaute, schweifte ihr Blick über die hügligen Wiesen, auf denen die Schafe friedlich grasten. Sie würde sich um keinen Preis von hier verscheuchen lassen. Denn die Liebe zu dieser mit zerklüfteten Burgen und doch so samtenen grünen Landschaft war schon längst unendlich groß geworden. So groß wie das Meer hinter den Hügeln, dachte sie traurig.

Auch in den nächsten Tagen war sie niedergeschlagen, zog sich zurück und trank mehr, als es sonst bei ihr üblich war. Immer wenn Mario fragte, was mit ihr nicht stimmte, redete sie sich mit Kopfschmerzen oder Magenbeschwerden heraus.

Der zehnte Hochzeitstag näherte sich. Mario bestand darauf, diesen Tag mit Freunden zu feiern. Tina hatte versucht, es Mario auszureden, doch dieser ließ sich nicht davon abbringen.

Als alle da waren und auf Tina und Mario angestoßen hatten, bekam Mario ein Kopfnicken von John und führte Tina an der Hand vor das Haus. Zuerst sah Tina eine riesige rote

Schleife, dann das Auto, um das die Schleife gebunden war. Ein Zweisitzer Cabrio von Alfa Romeo. Sie lief langsam um das Auto herum. Es war bestimmt fünfzig Jahre alt oder älter. Aber das war nicht allein der Wert, sondern, dass Mario dieses Auto aus einem alten verrotteten Wagen wieder zu einem wunderschönen Fahrzeug erweckt hatte. John stellte sich neben Tina und deutete auf das Typenschild am Kofferraum. In geschwungenen Buchstaben stand dort „Giulietta".

Tina sackte in sich zusammen. Sie kniete auf dem Boden, hielt sich die Hände vors Gesicht und weinte jämmerlich. Mario war sofort bei ihr und sagte besorgt: „Aber Schatz, das ist doch nur ein Auto. Warum weinst du?" Tina stand wieder auf, wischte sich die Tränen aus dem Gesicht und zischte: „Nur ein Auto? Nur ein Auto, sagst du? Ich finde eine Hotelrechnung in deinem Jackett, für diese Tage, an denen du mit John zum Angeln warst. Du sprichst im Schlaf von Giulietta. Was soll ich denn da denken? Ich hatte vor, dich umzubringen, bevor du mich verlässt für diese Giulietta!" Mario grinste. Zu den Umherstehenden sagte er: „Seht euch das an! Tina liebt mich noch wie am ersten Tag! Ist das nicht schön?" Er nahm sie in die Arme und sie küssten sich. Später ging Tina noch einmal um das Auto herum, strich mit den Fingern über den Lack und flüsterte: „Sie ist wunderschön, es ist wirklich ein ganz besonderes Auto."

„Ja, das ist es, genau wie du immer etwas Besonderes für mich bist. Ich bin so glücklich mit dir, hier in diesem Land, in unserem wundervollen Haus, und weißt du was, selbst der einheimische Eintopf, den du kochst, schmeckt mir."

„Irish Stew", flüsterte Tina, küsste und drückte Mario und zwinkerte John zu, der ihr zulächelte.

TREPPENHAUSKOMMUNIKATION
Brigitte Vollenberg

Der alleinstehende Rentner Rüdiger Koballa bezog eine neue Wohnung im Mehrfamilienhaus in der Winkelstraße 37. Er war sehr zufrieden mit seiner neuen Bleibe. Eine S-Bahn-Haltestelle lag direkt vor seiner Tür. Durch die großen Fenster zur Straßenseite konnte er das rege Treiben draußen verfolgen. Auf der hinteren Hausseite befand sich ein kleiner Garten, den er nur mit seinen Mitbewohnern ohne Balkon nach Absprache teilen musste. Die drei Stufen, die von der Haustür bis zu seiner Etagentür führten, stellten kein Hindernis für ihn dar. Die Wohnung selbst war perfekt, so wie er sich eine kleine Seniorenwohnung vorgestellt hatte.

Hier wird es mir gefallen, dachte er. Hier bleibe ich wohnen, bis zum Umzug ins Altersheim, es sei denn, sie tragen mich irgendwann mit den Füßen zuerst heraus.

Als er seine Wohnung eingerichtet und das letzte Bild, ein Portrait seiner verstorbenen Ehefrau Elfriede, an der Wand seinen Platz gefunden hatte, sah er die Zeit als gekommen an, sich seinen neuen Nachbarn vorzustellen. Er wusste schließlich, was sich gehörte. Zuerst schellte er bei den Mietern der gegenüberliegenden Wohnung an. Ein kleiner dunkelhaariger Junge schaute ihn mit großen Augen neugierig durch den Türspalt an.

„Mama ist nicht da und ich darf niemanden hereinlassen", sagte der Kleine und er knallte ihm die Tür vor der Nase wieder zu. Rüdiger Koballa registrierte sofort, dass es nicht der Spross einer typisch deutschen Familie war. Er tippte auf vorderen Orient und gleichzeitig vermutete er, dass die Wohnung dieser Familie keinen Balkon hatte und sie somit seine Partner in Sachen Gartenbenutzung sein würden. Nicht, dass Rüdiger Koballa es ablehnte, dass Menschen mit Migrationshintergrund zu seinen Nachbarn zählten. Er war sogar froh darüber, denn so hatte er jetzt täglich die Chance, seinen Beitrag zur Integration zu leisten, der schließlich von allen Bürgern erwartet wurde. Sein Blick fiel auf die Fußmatte dieser Wohnung. Die ordentlich aufgestellten Kinderschuhe in unterschiedlichen Größen ließen die Vermutung zu, dass die Familie drei Kinder hatte.

Rüdiger Koballa stieg die nächsten acht Treppenstufen hoch und testete im Vorbeigehen mit Mittel- und Zeigefinger, ob die Geranie, die die Treppenhausfensterbank auf dem ersten Absatz zierte, auch gegossen war. War sie nicht. Die Blumenerde fühlte sich knochentrocken an. Weitere acht Treppenstufen und er stand vor der Wohnungstür von Else Dresen. Ihre Eingangstür sah picobello aus und hatte keine klebrigen Schmierstreifen von dreckigen Kinderhänden. Es hing sogar ein hübsches weißes Holzherz an der Tür, das den Besucher willkommen hieß. Ebenso gepflegt wie die Tür war auch die Erscheinung der alten Dame, die ihm öffnete. Sie freute sich über den Besuch ihres neuen Nachbarn, bat ihn herein und führte ihn ins Wohnzimmer. Es dauerte nur Minuten, da blubberte die Kaffeemaschine und ein Stück selbst gebackener Apfelkuchen stand vor Rüdiger auf dem Tisch. Er bekam kaum die Möglichkeit, etwas von sich zu erzählen. Doch seinen Namen und den Wunsch auf ein gutes Nachbarschaftsverhältnis teilte er schließlich mit.

Else, wie er sie bereits nach dem Kaffeeklatsch nennen durfte, hatte wohl lange keinem Gesprächspartner gegenübergesessen. Die Worte sprudelten nur so aus ihr heraus. Rüdiger plante den Rückzug in seine eigenen vier Wände. Er versprach, ab und zu mal vorbeizuschauen, und so sehr er selbstgebackenen Kuchen liebte, war die ausgedrückte Freude über den Kirschkuchen, den Else extra für ihn in den nächsten Tagen backen wollte, eine kleine Lüge. Von seiner neuen Nachbarin hatte er erfahren, dass er gegenüber bei Tina Kuhn gar nicht schellen brauchte. Sie sei ein freundliches junges Mädchen, aber meistens nicht zu Hause. Tagsüber arbeitete sie und wenn sie dann mal da war, hatte sie ständig Besuch. Else trat noch ein paar Schritte ins Treppenhaus hinein und winkte verzückt hinter Rüdiger her. Für heute reichte es ihm erst einmal mit seiner Nachbarschaftsbegrüßungsrunde. Den anderen Mietern würde er sich bei Gelegenheit vorstellen. In der linken Wohnung der zweiten Etage wohnten drei junge Leute, zwei Männer und eine Frau, offensichtlich Studenten, hatte Else erzählt, und dabei sehr geheimnisvoll geschaut. Ben und Tobias, nette Menschen, hilfsbereit und zuvorkommend. Aber Franziska sei ein kleines schnippisches Biest, rundete Else die Information über diese WG-Bewohner ab. Sie war ihr nicht ganz geheuer.

„Und dann noch zwei Männer und eine Frau in einer gemeinsamen Wohnung, ich weiß nicht so recht, was ich davon halten soll", unterstrich sie mit erhobenem Zeigefinger ihre moralischen Bedenken.

Jetzt saß Rüdiger Koballa erst einmal an seinem Schreibtisch, den er sich so gestaltet hatte wie seinen Arbeitsplatz, den er jahrelang bei der Firma Krummbach und Partner in der Verwaltung belegt hatte. Er war ein Ausbund von Ordnung und das spiegelte auch dieser Tisch wider. Er griff zum Haftnotizblock und Stift und schrieb auf den kanariengelben Klebezettel: „Blumengießen nicht vergessen!". Auf den nächsten schrieb er „Schelle morgen mal an. Ihr neuer Nachbar." Auf den dritten schrieb er klar und deutlich: „Schuhe (Privateigentum) bitte in der Wohnung lagern!"

Dann huschte er ins Treppenhaus. Zettel eins klebte er an die Fensterbank des ersten Treppenabsatzes. Zettel zwei schmückte Tinas Eingangstür und Zettel drei war für den Türrahmen seiner Nachbarn gegenüber bestimmt. Die Verteilung war schnell passiert.

Am nächsten Morgen befestigte er eine Haftnotiz am Briefkasten der studentischen Wohngemeinschaft und forderte die jungen Leute auf, die leeren Bierkästen, die zweifelsfrei ihnen zugeordnet werden konnten und die unterhalb der Briefkastenreihe standen, aus Sicherheitsgründen in den Keller zu stellen und einen uneingeschränkten Zugang zu den Briefkästen zu gewähren. Darunter klebte er einen weiteren Zettel mit der Bitte, nachts die Haustür nicht so laut ins Schloss fallen zu lassen. Er würde sich seine Mitbewohner erziehen.

Als Rüdiger Koballa am späten Vormittag des nächsten Tages aus der Straßenbahn stieg, die gelbe Plastikeinkaufstüte baumelte an der Hand, traf er den kleinen Sinan von gegenüber, der seine Schultasche in den Flur geworfen hatte. Er saß auf der untersten Treppenstufe und zog sich seine nassen Stiefel aus. Achtlos ließ er sie dort liegen, wo er sie ausgezogen hatte.

Die freundliche Geste von Rüdiger, Sinan über seine dicken schwarzen Locken zu streicheln, wurde frech abgewehrt.

„Fass mich nicht an!", rief er, „sonst kriegst du auch einen gelben Zettel."

Aha, man hatte also von seinem Hinweis Kenntnis genommen. Doch der Blick auf Nachbars Fußmatte zeigte ihm ein weiteres Paar Schuhe, mindestens Größe 46 Herren. Die gelbe Haftnotiz klebte immer noch am Türrahmen. Na ja, wenigstens hatten sie seinen Hinweis gelesen.

Zurück an seinem Schreibtisch im Wohnzimmer bereitete er die nächsten Post-its vor: „Private Dinge gehören in die Wohnung, nicht in den Flur!" Nachdem er fünfmal den Satz geschrieben hatte, nahm er den Block und ging ins Treppenhaus. Alle fünf Parteien bekamen diese Information an ihre Etagentür gepostet. Rüdiger schien es die sicherste Methode zu sein, allen die Information zukommen zu lassen. Ein Aushang, direkt neben der Liste, die die Abholtermine für Plastikmüll, Restmüll und Papier enthielt, wäre sinnlos gewesen. Jeder würde achtlos daran vorbeigehen. Diese gelben Haftnotizen an strategisch bedeutende Stellen geklebt, sah er als die effektivste Möglichkeit an, seine Mitbewohner auf Wichtiges hinzuweisen. Diese Zettelchen hatten ihm an seinem Arbeitsplatz viele Jahre gute Dienste erwiesen.

Ein paar Tage später, nichts hatte sich bis dahin im Hausflur geändert, haftete ein rosafarbener Klebezettel an seiner Tür.

„Lust auf ein Stück Kirschkuchen?" stand darauf. Rüdiger machte sich am späten Nachmittag auf den Weg eine Etage höher, um in den Kuchengenuss zu kommen. Es war aber nicht allein der Appetit auf das Gebäck, sondern die Neugier trieb ihn an, bei Else zu schellen. Er wollte hören, wie die neu eingeführte Methode seiner Kommunikation unter den Mietern aufgefasst wurde. Ihn sprach man nicht an und Veränderungen hatte er bisher keine wahrgenommen. Else versorgte ihren Gast und hatte sogar ein Fläschchen Prosecco kaltgestellt. Sie bestätigte Rüdiger, dass es eine wunderbare Möglichkeit sei, auf diese Weise zu kommunizieren. Zudem fand sie es lustig. Sie entschuldigte sich sogar bei Rüdiger, einmal in der vergangenen Woche ihren Rollator unten im Flur stehen gelassen zu haben und versprach, dass es nicht wieder vorkommen würde. Sie sei auch ein ordnungsliebender Mensch und könne seine Hinweise gut verstehen.

„Schellen Sie ruhig an," motivierte Rüdiger sie. „Ich helfe Ihnen gern, wenn der Transport für Sie zu schwer ist." Gleichzeitig teilte sie ihm aber auch mit, dass die anderen Mitbewohner ihn für einen Spinner hielten, der sich in ihr Privatleben nicht einzumischen habe. Sie distanzierte sich selbstverständlich von dieser Aussage.

Die kleinen, aus Rüdigers Sicht unentbehrlichen Helfer der Organisation einer Mietergemeinschaft, übersäten mittlerweile das Treppenhaus. Der Vorteil eines Post-it ist, dass der Klebestreifen mehrfach klebt. Wie von unsichtbarer Hand ausgeführt, wanderten die hübschen gelben Zettel von Etage zu Etage. Einige klebten auch am Treppengeländer. Eine zentrale Sammelstelle für Haftnotizen war die Fensterscheibe hinter der spärlich blühenden Geranie geworden, die immer noch auf einen Schluck Wasser hoffte. Rüdiger benutzte die klassischen gelben Zettel und alle anderen Mieter bedienten sich einer mintgrünen, hellblauen oder rosafarbenen Variante, um ihm zu antworten.

Kümmern Sie sich um Ihren eigenen Kram oder sonst haben Sie keine Sorgen, waren noch die harmlosesten Erwiderungen, die Rüdiger an seiner Etagentür entdeckte. Else stellte mittlerweile den Erfolg dieser Kommunikation in Frage.

„Warum tust du das?", fragte sie ihn. „Ich finde diese Zettel zwar ganz lustig, aber kannst du nicht viel besser bei den Mietern anschellen und sagen, was dir nicht passt?" Doch Rüdiger erklärte ihr, dass es besser sei für Herz und Kreislauf und vor allen Dingen für die Nerven, sich solch einer Methode zu bedienen.

„Wenn ich die direkte Konfrontation suche, schreit man sich schnell an, beleidigt sich womöglich und solch ein Gespräch tut beiden gleichermaßen nicht gut. Ich lege Wert auf eine gute Nachbarschaft. Außerdem liebe ich es, wenn ich Antworten auf meine Haftnotizen bekomme. Es sind oftmals so nette herzliche Wünsche dabei. Ohne deinen Post-it säße ich sonst gar nicht hier", sagte er und kniff Else vergnügt ein Auge zu. Rüdiger war außerdem der Meinung, dass die ganze Aktion nur eine Frage der Zeit sei.

In den frühen Morgenstunden des nächsten Tages wurde Else von einem dumpfen Gepolter aus dem Schlaf geweckt. Sie trat an ihre Etagentür und lauschte, hörte aber nichts. An Schlaf war jetzt nicht mehr zu denken. Gerade, als sie ihren Tee aufbrühte, wurde es im Treppenhaus laut. Türen wurden zugeschlagen und die Rufe nach der Polizei und einem Krankenwagen hallten von Etage zu Etage. Sie zog sich schnell ihren Morgenmantel über und stand wenig später auf dem Treppenabsatz.

Sie blickte auf Rüdiger Koballas massigen Körper, der verrenkt und regungslos am Fuße der Treppenstufen, direkt unterhalb der Briefkastenreihe, lag. Es sah aus, als sei er über die achtlos im Treppenhaus herumliegenden Stiefel von Sinan gestolpert, die drei Stufen hinabgestürzt und mit dem Kopf auf die Bierkästen geschlagen. Den Griff einer kleinen Blumengießkanne hielt er krampfhaft umschlossen. Else steckte einen Finger in die Erde der Geranie. Die Blumenerde war feucht. Ein letzter Klebezettel musste in den frühen Morgenstunden dieses Tages gewandert sein. Auf der glatten Oberfläche von Rüdiger Koballas lederner Weste haftete ein kanariengelber A7-Zettel. Angesichts des leblosen Körpers erschien der Hinweis darauf äußerst makaber.

„Ich bitte, den uneingeschränkten Zugang zu den Briefkästen stets zu gewährleisten", las Else.

Allerdings fühlte sie sich peinlich berührt, als sie sah, dass jemand das Wort Brief durchgestrichen und durch das Wort Bier ersetzt hatte.

Rüdiger Koballas Körper wurde abtransportiert. Und im Polizeibericht wurde ein Fremdverschulden an seinem Tod ausgeschlossen. Die Mieter gingen nach diesem Treppensturz nicht einfach zur Tagesordnung über. Else sammelte alle Haftnotizzettel ein und warf sie in die Papiertonne. Sie gab der Geranie eine neue Heimat. Die Studenten stellten die Bierkästen ab jetzt immer in den Keller und auch alle anderen persönlichen Dinge verschwanden hinter den Etagentüren.

Nur den letzten Post-it behielt sie als Erinnerung an Rüdiger zurück. Lange grübelte sie darüber nach, wer das Wort Brief durchgestrichen haben könnte. Ob es doch kein Unfall war? Auf jeden Fall ging sie Franziska, diesem kleinen Biest, von da an immer aus dem Weg. Ihr traute sie alles zu.

ENDLICH SEELENFRIEDEN
Britt Glaser

„Seine Seele ruhe in Frieden", würde der Pastor bei Reiners Beerdigung sagen. Ja, seine Seele hätte dann Frieden, auch meine Seele, dachte Elke und rührte im Bratensud. Zwei Löffel voll dürften genügen. Sie verschloss die Giftflasche wieder. Noch eine ordentliche Portion Pfeffer und Salz, damit es den bitteren Geschmack überdeckte. Zu Klößen würde er immer Soße nehmen, ob sie versalzen oder zu lasch war. Hauptsache Soße war Reiners Devise. Und das war gut so.

Kurzzeitig verließ Elke ihre Wohnung und eilte die Treppe hinunter ins Kellergeschoss. Schlich sich in den Kellerraum der kürzlich verstorbenen Frau Gotthard und stellte die Flasche zurück.

Der Entschluss, ein Leben ohne Reiner zu führen, stand schon lange fest. Elke hatte es mit Trennung versucht, aber er machte ihr klar, dass sie dann auf Harz IV angewiesen wäre. Das leuchtete ihr ein und so wartete sie ab. Vielleicht verstarb er einfach so, schließlich war er schon fast sechzig Jahre alt, sie erst Mitte vierzig. Doch alles Warten brachte gar nichts, er erfreute sich bester Gesundheit. Es blieb nur noch eins, sie musste nachhelfen. Wie sie es anstellen könnte, kam ihr erst vor wenigen Tagen in den Sinn. Es war ein Wink des Himmels. Als sie in Frau Gotthards aufgebrochenem Kellerraum herumschnüffelte, entdeckte sie dabei zufällig die Flasche mit dem Gift. Elke hatte niemandem von dem Fund und ihrem Vorhaben erzählt. Auch Paul aus dem dritten Stock nicht, den sie und Reiner jeden Monat mit einigen weiteren Nachbarn zum Spieleabend trafen. Den

Elke auch oft allein traf, wenn Reiner arbeiten musste. Pauls Liebeskünste waren erstklassig und er wäre nach Reiner der neue Mann an ihrer Seite. Zuallererst würden sie eine Kreuzfahrt buchen, vielleicht auch heiraten. Sie hatte schon so viele Jahre auf den Urlaub verzichten müssen, während ihrer Ehe. Reiner sparte jeden Cent und gönnte weder sich noch ihr etwas. „Das Rentengeld", wie Reiner zu sagen pflegte. „Das braucht man für später."

Später, später, wie sie diese Worte hasste. Aber für ihn würde es nach dem Essen kein Später mehr geben.

Der Tisch war gedeckt, das Essen fertig. Elke wartete schon ein Weilchen. Sicher musste er wieder länger in der Firma bleiben und wieder kein Anruf, weil dieser altmodische Ochse sich partout gegen Handys sperrt. Man muss doch nicht jede Modewelle mitmachen. Außerdem kann man sich das Geld sparen. Früher gab es so etwas auch nicht, gingen ihr seine Worte durch den Kopf. Elke blätterte durch die Illustrierte, ohne wirklich hinzuschauen oder einzelne Artikel zu lesen. Die Seiten rissen beim Umblättern leicht ein. Endlich schellte es an der Tür. „Wurde ja auch mal Zeit", brummte Elke und öffnete. Aber Reiner stand nicht da, sondern zwei Männer in Uniform – Polizei. Sie fragten, ob Elke Reiners Frau sei und ob sie mal kurz reinkommen könnten. Es hatte einen Unfall gegeben und Reiner sei bereits am Unfallort verstorben. Die Wohnungstür war von einem der Polizisten noch nicht ganz geschlossen, als sich Frau Reich, die Nachbarin von nebenan, durch den Spalt hineinschob. Sie nahm Elke fest in die Arme und schluchzte: „Ach Kindchen, das tut mir so leid."

„Sollen wir jemanden benachrichtigen?", fragte der ältere Polizist, der sich als Berger vorstellte. Elke nickte. „Meine

Schwester."

Die Polizisten stellten Fragen und machten sich Notizen, während Elke gar nicht glauben konnte, dass sich das Vergiften von Reiner erübrigt hatte – sie brauchte nicht mal selber Hand anlegen, alle Probleme waren vom Tisch!

Frau Reich sagte in den folgenden Minuten mindestens noch zwanzig Mal „Kindchen, Kindchen" und streichelte Elke über die Wange, das Haar, den Rücken. Endlich ließ sie von ihr ab und fragte die Polizisten: „Entschuldigen Sie bitte, dass ich nicht vorher daran gedacht habe. Kann ich Ihnen einen Kaffee machen?" Ohne die Antwort der Gesetzeshüter abzuwarten, befüllte Frau Reich bereits die Kaffeemaschine. Endlich kam Elkes Schwester Regine und hatte Paul im Schlepptau. Er sagte mit trauriger Miene, wie leid es ihm tat, und tätschelte Elkes Schulter, während Regine die Schwester umarmte.

„Die Herren können natürlich auch Schweinebraten und Klöße bekommen, wäre doch schade, wenn das gute Essen verkommt", bot Frau Reich an.

Elke wurde bleich. Niemand durfte von dem Braten essen, sonst flog auf, was sie mit ihrem Gatten vorgehabt hatte. Regine sah das erschrockene Gesicht Elkes, dachte, es sei der Schock, schob sie ins Wohnzimmer und gab ihr einen Schnaps.

„Na, was ist, meine Herren?", erklang abermals Frau Reichs Stimme.

„Einen Kaffee können wir nehmen, es wird sicher noch dauern, bis der Seelsorger kommt", sagte Berger zu seinem Kollegen.

„Keinen Kaffee", antwortete der. „Du weißt doch, mein Magen, Kaffee ist da reines Gift für mich. Ich würde wohl

Klöße mit Schweinebraten nehmen. Gibt es denn auch noch Rotkohl dazu?"

Elkes Hirn arbeitete sich heiß bei dem Versuch, eine Lösung für die Entsorgung der Leichen zu finden. Rausschleppen, verbrennen oder in der Wanne mit Säure auflösen. Aber die Polizisten würden sicher von ihrer Dienststelle vermisst werden. Somit musste auch der Streifenwagen verschwinden, mit dem sie hier waren.

Immer wieder schüttelte sie, nun mit roten Wangen, den Kopf. „Ich weiß, es ist unbegreiflich", meinte die Schwester und flößte ihr den nächsten Schnaps ein.

Paul stellte sich an den Herd, um auch was von dem Essen zu ergattern. Währenddessen versuchte Elke verzweifelt zu signalisieren, dass Paul nichts vom Essen nehmen sollte. Frau Reich öffnete jede Schranktür auf der Suche nach Tellern.

„Ist der Braten für heute Abend?", fragte Paul, der endlich etwas gemerkt hatte. „Für den Spieleabend?"

Ach herrje, Elke war so sehr mit den Vorbereitungen für Reiners Tod beschäftigt gewesen, dass sie den monatlichen Spieleabend, der heute bei Paul stattfinden sollte, vergessen hatte.

„Ja!", rief Elke schnell. „Für den Spieleabend!"

Frau Reich hatte mittlerweile die Teller gefunden. Die Seelsorgerin trat ein, weil jemand die Haustür offengelassen hatte. Sie sprach mit den Polizisten, bevor sie sich Elke zuwendete.

„Was ist denn jetzt mit dem Braten?", wollte Frau Reich wissen.

Elke wischte sich den Schweiß von der Stirn und begann an ihren Fingernägeln zu kauen. Drei Leichen in der Wohnung und wie sollte sie den anderen erklären, warum alle Essenden plötzlich Krämpfe bekämen? So geht es doch einher mit Gift, oder?

Aus dem Funkgerät der Polizisten kam eine Anfrage, Bergers Kollege antwortete und die Gesetzeshüter verabschiedeten sich.

Erleichtert lachte Elke laut auf und goss sich einen weiteren Schnaps ein.

„Diese Reaktion ist jetzt ganz normal, der Schock", flüsterte die Seelsorgerin den Umherstehenden zu.

„Bis dass der Tod uns scheidet", sprach Elke in ihr geleertes Glas und weinte ein paar gespielte Tränen. Könnte nicht schaden, dachte sie, wo doch ihre Schwester, die Seelsorgerin und Frau Reich mit Paul nun bei ihr im Wohnzimmer saßen.

Die Seelsorgerin blieb eine halbe Stunde. Nachdem sie sich vergewissert hatte, dass Elkes Schwester die ganze Nacht bleiben würde, versprach sie, sich am nächsten Tag wieder zu melden. Sie ließ ihre Telefonnummer da und verschwand. Mit ihr gingen auch Frau Reich und Paul. Er deutete, ohne dass es die anderen mitbekamen, eine Kusshand an. Ja, jetzt stand ihnen nichts mehr im Wege. Sobald sich die Gemüter beruhigt hätten, dürfte jeder von ihrem Verhältnis erfahren.

Das muss gefeiert werden, dachte Elke und goss sich Schnaps ins Glas.

Der Kopf hämmerte und ein fader Geschmack klebte auf Elkes Zunge. Blinzelnd öffnete sie die Augen. Auf der Couch liegend brauchte sie einen Moment, um die Erinnerungen an den vergangenen Tag wiederzuerlangen. Reiner

tot, dann der viele Schnaps. Regine schlief zusammenge-
sunken in einem Sessel. Blaues Licht warf hässliche Schat-
ten an die Zimmerdecke und die Wände. Das unwirkliche
Licht bewegte sich zu schnell. Elke wurde übel. Sie stand
auf, öffnete die Balkontür und warf einen Blick nach unten.
Irgendetwas musste passiert sein, denn drei Krankenwagen
standen vor dem Wohnhaus. Einige Schaulustige hatten
sich unten versammelt, standen im Morgenmantel oder mit
dünner Jacke über dem Nachthemd da, um einen Blick auf
jene zu erhaschen, die womöglich abtransportiert wurden.
Dem Himmel nach zu urteilen, war es noch tiefe Nacht.
Sanitäter kamen aus dem Haus und schoben eine alte Dame
auf einer Trage in den Krankenwagen. Elke erkannte Frau
Reich. Der Krankenwagen fuhr ab. Elke schlotterte. Arme
Frau Reich, dachte sie, hoffentlich hat sie nichts Ernstes.
Aber warum hatte da jemand gleich drei Rettungswagen
geschickt? Elke wankte in die Küche, um sich erst einmal
Kaffee aufzusetzen. Alles war aufgeräumt, kein Geschirr
stand herum, kein Topf auf dem Herd, Regine hatte scheinbar abgewaschen. Das Ceranfeld glänzte. Elke kicherte,
gestern stand da noch der Braten mit der vergifteten Soße.
Aber wo hatte ihre Schwester den Bräter hingeräumt? Re-
gine dachte sparsam und praktisch – nie hätte sie Fleisch
weggeworfen. Sie hat davon gegessen, schoss es ihr durch
Kopf. Sie hatte ihre eigene Schwester vergiftet, ermordet.
Nein, das durfte nicht sein! Elke rannte ins Wohnzimmer,
nahm die Schwester an den Schultern und rüttelte sie. Erschrocken wachte diese auf und blickte sich verwirrt um.
„Geht es dir gut?“, fragte Elke.
Regine nickte.
„Hast du das Fleisch gegessen, was auf dem Herd stand?“

„Nein", sagte die Schwester und reckte langsam den verspannten Körper.

Elke ließ sich erleichtert auf die Couch sinken.

„Dein Nachbar, der Paul, war am Abend noch mal da und meinte, du hast Schweinebraten für den Spieleabend vorbereitet. Er hat den Bräter samt Inhalt mitgenommen."

Elke rannte durch den Hausflur, an Pauls Wohnung angekommen versperrten zwei Polizisten den Weg. Sie gaben ihr keine Auskunft, brauchten sie auch nicht, sie wusste, dass Paul wohl bei der Soße ordentlich zugelangt hatte.

„Mein erster Urlaub seit Jahren, eine Kreuzfahrt. Mit Paul. Es hätte so schön werden können", flüsterte sie und weinte diesmal echte Tränen.

FUERTEVENTURA ZU DRITT
Brigitte Vollenberg

Urlaub, welch traumhafte Idee. „Ja, ich möchte gerne mit dir ein paar Tage verreisen. Nur du und ich. Wir beide ganz allein. Ich kann es mir gar nicht vorstellen, wie es ist, mit dir vierundzwanzig Stunden zusammen sein zu dürfen." Doris schmiegte sich verliebt an Georgs Brust, umfasste seinen sportlichen Körper und seufzte.

„Aber solange du jeden Abend wieder brav zu deiner Elke heimkehren musst, werden es nur Träume bleiben. Glaubst du, es wird die Zeit kommen und du wirst in der Lage sein, deiner Frau von uns zu erzählen? Deine Kinder sind erwachsen und aus dem Haus. Sie stehen unserer Liebe nicht mehr im Weg", sagte Doris.

„Ich hasse auch dieses Versteckspiel, aber du musst mich verstehen, die Zeit ist noch nicht gekommen, dass ich Elke von unserer Liebe berichte. Die Konsequenzen daraus kann ich einfach noch nicht tragen. Bitte, du musst das einsehen", sagte Georg.

„Ich würde viel lieber mit dir vierzehn Tage nach Fuerteventura fliegen. Aber Elke hat gebucht. Sie glaubt, dass zwischen uns etwas nicht stimmt. Es sei nicht mehr so wie früher, behauptet sie. Mit diesem Urlaub hat sie mich überrascht. Sie will in entspannter Umgebung mit mir sprechen, über unserer Beziehung."

„Das ist die Chance. Ich fliege mit und du sagst ihr, dass es aus ist zwischen euch beiden. Die Beziehungsarbeit könnt ihr euch sparen", rief Doris erfreut.

„Bei dir hört sich das alles immer so einfach an. Aber es ist nicht einfach. Das ganze Leben ist kompliziert und anstrengend. Ich kann nicht hingehen und meine Ehe beenden. Wie stellst du dir das vor? Soll ich mich mit zwei Cocktails in der Hand vom Liegestuhl erheben und sagen: Welch ein Zufall, darf ich dich mit Doris, meiner neue Liebe, bekannt machen. Von dir, liebe Elke, lass ich mich jetzt scheiden. Ich wünsche dir noch einen schönen Urlaub. Glaubst du, das geht so einfach?"

„Das Leben ist einfacher als du dir vorstellen kannst", sagte Doris. „Jeder macht es sich so schwer, wie er es braucht. Entspann dich. Ich werde alles problemlos klären. Lass mich nur machen. Wann fliegt ihr? Gib mir die genauen Daten durch. Ich fliege mit."

Georg konnte sich zuerst gar nicht mit dem Gedanken anfreunden, mit zwei Frauen nach Fuerteventura zu fliegen. Er musste darüber nachdenken. Nach drei Tagen hatte er eine Entscheidung getroffen. Er willigte ein. Doris buchte den gleichen Flug und sogar das gleiche Hotel auf Fuerteventura. Wenn er im normalen Alltag ein Leben mit zwei Frauen führte, warum sollte es nicht im Urlaub klappen. Es würde eine ganz neue Erfahrung sein. Ein Lächeln legte sich auf sein Gesicht. Die Vorstellung gefiel ihm. Ein Versuch war es wert. Am liebsten hätte er Eric, seinen langjährigen Freund und Vertrauten, angerufen und ihm von seinem bevorstehenden Urlaub mit zwei Frauen erzählt. Er entschied sich aber dagegen.
Elke würde ganz aufgeregt neben ihm im Taxi zum Flughafen sitzen. Sie war immer das reinste Nervenbündel, kämpfte mit allen Mitteln gegen ihre Flugangst an. Sie würde in der Schlange am Schalter neben ihm stehen und er

würde ihren schweren Koffer auf die Waage hieven.

Doris würde in der Schalterhalle bereits auf und ab laufen und nach ihm Ausschau halten. Sie war immer überpünktlich und lieber zu früh vor Ort, als zu knapp in der Zeit. Sie würden sich unbemerkt freundlich zunicken und sie würde sicher in der Schlange hinter Elke und ihm stehen. Wo würden sie sitzen? Er auf jeden Fall neben Elke. Und Doris? Ob sie einen Platz in seiner Nähe ergattert hatte? Vielleicht bekamen sie im Flieger sogar drei Plätze nebeneinander. Elke würde er den Fensterplatz überlassen und er würde in der Mitte sitzen, eingerahmt von seinen beiden Frauen. Was für eine prickelnde Vorstellung. Natürlich würde er mit Elke keine Zärtlichkeiten austauschen, das wäre ihm vor Doris peinlich. Mit Doris durften die Berührungen nur wie zufällig sein, Elke sollte natürlich nicht bereits auf dem Hinflug merken, was los war. Möglich, dass seine beiden Frauen sich auf dem Flug gar nicht kennenlernten.

Es kam natürlich alles etwas anders, als Georg es sich vorgestellt hatte.

„Sie sind spät dran", sagte die nette Dame des Bodenpersonals, nachdem Georg die Pässe von ihm und seiner Frau vorgelegt hatte.

„Ich sehe, sie haben nicht reserviert, da kann ich Ihnen leider keine zusammenhängenden Sitzplätze mehr geben. Ich habe nur noch zwei Plätze am Gang vier Reihen auseinander." Georg nickte und zuckte nur mit den Schultern.

„Ja, wenn da nichts mehr zu machen ist, nehmen wir halt diese Plätze. Es ist ja nur eine kurze Flugzeit."

Wo war Doris? Sie stand nicht hinter ihnen. Er konnte sie nirgends erblicken. Auf dem Weg durch den Sicherheitscheck, entlang an den Designer Shops und Duty-Free-Läden, hielt er Ausschau nach ihr. Doris war nicht da. Elke und Georg erreichten den Wartebereich in der Nähe ihres Gates. Ihr Flug war schon aufgerufen und die erste Busladung Passagiere rollte über das Flugfeld auf den wartenden Flieger nach Fuerteventura zu.

Elke erreichte ihren Sitzplatz und Georg war ihr behilflich, das Handgepäck in der Deckenluke zu verstauen. Er ging weiter den Gang entlang, zählte die Sitzreihen ab. Vier weiter, da am Rand würde er sitzen. Er staunte nicht schlecht, als er seinen Platz erreicht hatte, wer in dem Sessel neben ihm während des Fluges sitzen würde. Doris setzte ein strahlendes Lächeln auf.

„Du?" fragte Georg erstaunt. „Ist es Zufall oder hast du die Dame am Flughafenschalter bestochen?"

„Das wird eines meiner Geheimnisse bleiben", sagte Doris und lachte.

Angenehme Temperaturen empfingen die Fluggäste auf Fuerteventura. Elke war froh, dass sie den Flug hinter sich hatte, und stand am Gepäckband, neben Georg und Doris. Doris bewegte schwungvoll ihren Koffer vom Band und wünschte Georg schöne Urlaubstage.

„Wer war das?", fragte Elke erstaunt.

„Keine Ahnung", antwortete Georg, „meine Sitznachbarin aus dem Flieger."

„Das mit dem Gepäck schaffst du sicher alleine", sagte Elke, „ich muss mal kurz verschwinden. Du kennst meinen Koffer, zur besseren Erkennung habe ich eine rote Schleife an den Griff geknotet." Bevor Georg antworten konnte, war Elke in die Menschenmenge eingetaucht. Er blickte ihr nach und glaubte, sie weit hinten im Menschengewühl noch einmal zu sehen. Sie schien sich mit jemandem zu unterhalten. Waren die Toiletten nicht auf der anderen Seite der Halle?

Das komfortable 5-Sterne-Hotel in der Bucht von Costa Calma lag auf einer Anhöhe. Die gesamte Anlage mit blumenreichen Gärten, mehreren Swimmingpools, einem Wasserfall, einem eigenen Strand und einer smaragdfarbenen Lagune, war großzügig angelegt. Wenn Georg seinen beiden Frauen aus dem Weg gehen wollte, hatte er keine Probleme damit. Er konnte sich, wenn er sich nicht allzu ungeschickt anstellte, mit Elke oder Doris treffen, ohne dass die eine von der anderen entdeckt werden würde.

Doris hatte sich mit Georg auf einen Drink an der Bar verabredet, die versteckt unter Palmengewächsen am Rande der Lagune lag. Elke hatte dieses idyllische Plätzchen noch gar nicht entdeckt. Sie war müde vom Sonnenbaden und Schwimmen und hatte sich ein Stündchen aufs Bett gelegt. „Und, hat sie schon mit dir gesprochen?", fragte Doris. Sie saß in einem hauchdünnen Strandkleid, das sie locker über ihrem Bikini trug, an der Bar und nippte vorsichtig an ihrem farbenprächtigen Cocktail.
„Nein, hat sie nicht. Der erste Tag im Urlaub ist immer zum Eingewöhnen. Heute hat Elke kaum mit mir gesprochen. Sie hat sich in ihren Krimi vertieft und sich in der Sonne gerekelt."
„Wie sieht es aus, gehst du heute mit mir oder mit ihr zum Abendessen? „
„Offiziell bin ich mit Elke hier, also gehe ich selbstverständ-

lich mit ihr. Wir können uns später in der Piano-Bar treffen. Elke geht immer früh schlafen, besonders im Urlaub. Darauf kann ich mich verlassen."

Als Georg nach Mitternacht vorsichtig und lautlos in sein Hotelzimmer schlich, sich im Dunkeln entkleidete und sich so leise wie nur möglich unter die Bettdecke legte, bemerkte er erst, als er sich zur Bettmitte drehte, dass Elkes Bett unberührt war. Der Griff zur Nachttischlampe fiel nicht so routiniert aus wie zu Hause, denn das Telefon knallte scheppernd auf den Steinboden. Er sprang aus dem Bett und betätigte den Lichtschalter an der Zimmertür. Die fahle Beleuchtung bestätigte seine Vermutung. Elke war nicht da. Ein Blick in das überschaubare Bad und Georg öffnete erst einmal die Minibar. Auf den Schreck brauchte er einen Cognac. Er zog seine Bermudashorts an, streifte ein T-Shirt über, schlüpfte in die Strandschuhe und begann mit der Suche. Georg betrat die Hotelhalle. Leise Musik erfüllte den Raum. Es waren nur noch wenige Gäste im Haus unterwegs. Georg ging in den Außenbereich. Angenehme Wärme schlug ihm entgegen. Die Grillen zirpten leise. Die Pool-Bar war geschlossen und die Unterwasserbeleuchtung in dem türkisblau gekachelten Schwimmbecken verwandelte das Wasser in eine milchig gallertartige Masse. Elke war nirgends zu sehen. Wo sollte Georg suchen? Es gab viele kleine Bars und Sitzgelegenheiten, wo Elke sich hätte aufhalten können. Er entdeckte Ruheräume und Leseecken.
Plötzlich hörte Georg Stimmen und lautes Lachen. Wagentüren wurden zugeschlagen und Motorengeräusch entfernte sich. Fröhliche leicht angeheiterte Hotelgäste betraten die Halle und die lustige Gesellschaft strebte einer Bar entge-

gen, um einen letzten Absacker zu trinken. Und dann stand plötzlich Elke vor ihm.

„Was machst du denn hier, vor allem in dem Aufzug? Du siehst aus, als kämst du geradewegs vom Strand."

„Und du wo hast du dich herumgetrieben?"

„Herumgetrieben, das ist ja wohl das Allerletzte, du verschwindest und tauchst den ganzen Abend nicht mehr auf und unterstellst mir, ich hätte mich herumgetrieben?"

Elke drehte sich um und verschwand in dem Gang, an dessen Ende der Aufzug lag, der sie in die dritte Etage brachte. Zielstrebig ging sie auf das gemeinsame Zimmer zu. Georg genehmigte sich einen Scotch und ertrug die missbilligenden Blicke der anderen Gäste, weil seine bunten Shorts nicht als Abendgarderobe bezeichnet werden konnten. Bei seinem fluchtartigen Aufbruch auf der Suche nach Elke hatte er vergessen, seine Zimmerkarte einzustecken.

Den Rest der Nacht verbrachte er bei Doris, denn sie öffnete ihm auf sein Klopfen, während Elke sich taub gestellt hatte.

Die Urlaubstage verliefen nicht so, wie Georg es sich vorgestellt hatte. Elke behandelte ihn sehr reserviert und hatte einfach zu nichts Lust. Sie belagerte die Liegen am Pool, ging schwimmen und sonnte sich. Sie begleitete Georg zu den gemeinsamen Mahlzeiten und ging jeden Abend früh schlafen. In welcher Gesellschaft sie den ersten Abend verbracht hatte, verriet sie nicht.

Für den vierten Urlaubstag hatten sie eine Inselrundfahrt gebucht. Der klimatisierte Reisebus hielt vor dem Hotel und nahm die Ausflügler auf. Auch Doris hatte sich an der Rezeption ein Ticket für diese Tour besorgt. Elke saß bereits im Bus, als Georg zustieg. Er balancierte durch den Mittelgang auf die Sitzreihe zu, auf der er Elke vermutete. Er hatte sie von draußen bereits am Fenster sitzen sehen. Der Platz neben Elke war besetzt. Georg traute seinen Augen nicht.

„Eric, was machst du denn hier?", fragte Georg erstaunt. Auf dem Platz, der ihm zustand, saß jemand, der eigentlich gar nicht hier sein sollte. Sein bester Freund Eric. Wie kam der denn hierher? Georg setzte sich auf den freien Platz auf der anderen Seite.

„Hallo Georg, schön dich zu sehen", stammelte er.

Jetzt ergriff Elke das Wort.

„Eric ist hier, weil ich ihn darum gebeten habe hier zu sein", sagte sie. „Wir wollten doch über unsere Beziehung sprechen. Heute ist dieser Tag. Ich bin das Versteckspielen leid. Du hast ja bereits gemerkt, dass unsere Ehe nicht mehr so läuft. Georg, ich werde mich von dir trennen. Der neue Mann in meinem Leben wird Eric sein. Ich möchte den heutigen Ausflug dazu nutzen, neue Weichen zu stellen."

Georg atmete tief. Seine Stimme versagte ihm. Sein Puls raste. Er griff seinen Rucksack, den er zu seinen Füßen abgestellt hatte und hastete durch den Mittelgang. Nur raus hier, dachte er, raus hier, sofort. Er rempelte eine alte Dame an, ohne sich zu entschuldigen und stolperte über eine Kameratasche. In dem Moment, als Doris in den Bus stieg, quetschte Georg sich an ihr vorbei und rannte in das Hotel zurück.

„Hast du .... haben Sie was vergessen", rief sie irritiert hinter ihm her.

Der Reiseleiter hatte nun mehrmals gezählt und kam immer wieder zum gleichen Ergebnis: Zwei Gäste fehlten.

„Sie können fahren", rief Elke dem Busfahrer zu, „meinem

Mann geht es heute nicht gut, er fährt nicht mit."

Der Busfahrer stieg noch einmal aus, lief am Bus entlang, sah auf seine Uhr. Dann gab er dem Portier ein Zeichen und fuhr los.

Georg konnte es nicht glauben. Eric, sein bester Freund und seine Frau hatten ein Liebesverhältnis und er hatte nichts bemerkt. Wie blind bin ich eigentlich gewesen? Wie lange geht das schon? Er zermarterte sich das Hirn. Er wusste nicht, was er davon halten sollte. Sein bester Freund hatte ihm die Frau ausgespannt. Georg lag auf seinem Bett und starrte an die Decke. Er litt. Der Schmerz saß tief. Die Minibar war noch nicht aufgefüllt worden. Das Fach mit dem Cognac war leer. „Verdammt", stieß er hervor und gab der unschuldigen Kühlschranktür einen derben Tritt, dass die Wasser- und Cola-Flaschen schepperten.

Es klopfte an der Tür.

„Georg, bist du da?", fragte Doris.

„Was ist los mit dir? Bitte, lass mich rein." Georg starrte Doris an. Sie kam ihm im Moment vor wie eine Fremde.

„Was willst du?", begrüßte er sie.

„Ich will wissen, was los ist."

„Ich kann es nicht fassen, Elke betrügt mich. Sie verlässt mich. Sie hat einen Neuen. Es ist Eric, mein bester Freund."

„Aber das ist doch fantastisch, dann können wir Elke endlich auch reinen Wein einschenken. Oh, Georg, ich freue mich so." Doris wollte Georg umarmen, wurde aber derb zurückgewiesen.

„Was ist denn daran fantastisch, kannst du mir das bitte einmal erklären? Dieses verdammte Weib, macht die ganze Zeit auf heile Welt, und belügt und betrügt mich nach Strich und Faden. Unglaublich. Und Eric, dieser Verräter.

Sitzt abends mit mir zusammen, gibt mir Ratschläge, und ab und zu ein Alibi, wenn ich mit dir wegwollte. Ich fass es nicht."

„Aber Georg!" Mehr konnte Doris im Augenblick nicht sagen.
„Ich möchte jetzt alleine sein. Ich muss nachdenken. Das wird sie mir büßen. So einfach fängt sie kein neues Leben an. So nicht."

Einige Tage später hatte eine beliebte deutsche Urlaubszeitung etwas zu berichten, das besonders die Touristen an der Costa Calma interessierte.

Wanderunfall oder Mord?

Mittwoch wurde auf der kanarischen Insel Fuerteventura von Wanderern die Leiche einer Frau entdeckt, die in der Nähe der Passhöhe Degollada de Cofete vermutlich abgestürzt ist. Dieser Weg ist Teil einer beliebten Wanderroute. Der Ehemann der Frau, bei der es sich um eine 45 Jahre alte deutsche Touristin handelt, steht unter Verdacht, seine Frau absichtlich den tödlichen Stoß gegeben zu haben. Er wurde vorläufig festgenommen.

Doris konnte es nicht fassen, wohin gekränkte Eitelkeit führen konnte. Elke befand sich in einem Zinksarg, war vielleicht bereits auf dem Weg nach Deutschland zurück oder lag auf einem spanischen Obduktionstisch. Und Georg, dieser Heuchler, dieses gekränkte Häufchen Eitelkeit, durfte sich einen spanischen Knast von innen ansehen. Sie beschloss, einen Schlussstrich zu ziehen, aber sie brach ihren

Urlaub nicht ab.

Sie blieb, wollte nachdenken über ihr zukünftiges Leben ohne Georg. Leicht würde es ihr nicht fallen, schließlich hatte sie Georg geliebt.

Doris saß in der Bar und bestellte sich einen doppelten Cognac.

„Erlauben Sie mir, dass ich mich zu Ihnen setze", hörte sie eine betörende Männerstimme.

„Darf ich mich vorstellen, mein Name ist Eric, Eric Holzmann."

Doris schaute den Mann irritiert an. Sie reichte ihm ihre Hand.

„Doris. Doris Kenner", stotterte sie. „Sind Sie das Alibi?"

Fassungslos starrte sie Eric an. Sie trank einen großen Schluck aus ihrem Glas. Tränen traten in ihre Augen, weil der Cognac beinahe ihre Speiseröhre verätzte. Sie musste husten. Als sie wieder Luft bekam, sagte sie: „Ach, vergessen Sie es. Ist nicht so wichtig. Es gab da mal einen Eric, von dem ich nicht mehr wusste, als dass er ab und zu als Alibi zu Verfügung stand. Aber das war in einem anderen Leben."

„Würden Sie mich heute Abend zum Essen begleiten?", fragte Eric. „Es gibt karibische Spezialitäten."

„Bevor ich Ihnen auf diese Frage eine Antwort gebe, müssen Sie mir eine beantworten: Sind Sie verheiratet oder in einer Beziehung?"

„Na, Sie gehen aber ran", sagte Eric erstaunt. „Nein, ich bin seit kurzer Zeit wieder Single."

Doris atmete erleichtert auf.

„Ich auch. Also um halb acht in der Hotelhalle. Ich freue mich auf einen gemütlichen Abend mit Ihnen."

GUTE NACHBARSCHAFT
Britt Glaser

Frau Lenz zitterte, als die beiden Polizisten ihr Haus betraten. „Wir sind Kommissar Möller und Kommissar Kruse", stellte der Ältere sich und seinen Kollegen vor. „Nun erzählen Sie mal, was Sie auf dem Herzen haben."

„Nicht, dass Sie denken, ich bin eine von diesen Tratsch-Tanten, die den ganzen Tag am Fenster stehen und ihre Nachbarn beobachten", erklärte die alte Dame und knetete ihre Hände. „Nein, so bin ich nicht. Ich mochte Frau Kleine. Das hat sie wirklich nicht verdient." Bei den letzten Worten liefen Frau Lenz Tränen übers Gesicht.

„Erzählen Sie mal der Reihe nach", forderte Möller.

„Da gibt es nicht viel zu sagen", flüsterte sie. „Ich werde es Ihnen zeigen." Sie lief durch ihr Wohnzimmer, öffnete die Terrassentür und ging hinaus in ihren Garten.

Am Gartenzaun blieb sie stehen und blickte hinüber in den Nachbargarten. Er bestand aus einer großen Terrasse, viel Wiese und einigen Sträuchern. Frau Lenz deutete mit dem Finger auf den Teich. Er war frisch ausgehoben worden und hatte noch keinerlei Bepflanzungen.

„Und?", fragte Möller.

Erneut brach die alte Dame in Tränen aus.

Sie gingen zurück ins Haus. Es dauerte noch einige Zeit, bis sie ihre Fassung wiedergewonnen hatte und sprach: „Frau Kleine hat oft für mich eingekauft. Einmal im Monat sind wir zusammen zum Friseur gefahren. Sie war ein richtiger Engel. Und jetzt ist sie tot."

„Nun mal langsam", bat Kommissar Kruse, „warum glauben Sie, Ihre Nachbarin sei tot?"

„Sie haben doch den Garten gesehen! Ihr Ehemann hat sie unter dem Teich verscharrt!"

„Wie kommen Sie denn darauf?"

„Die beiden hatten Streit. Aber bitte glauben Sie nicht, ich belausche meine Nachbarn. So etwas mache ich nicht", erklärte Frau Lenz. „Ich war im Garten und habe rein zufällig mitbekommen, wie laut es drüben wurde. Frau Kleine und ihr Mann haben sich angeschrien. Es polterte und dann war Stille! Hoffentlich ist da mal nichts passiert, dachte ich noch bei mir." Frau Lenz schluchzte. „Ich habe Frau Kleine seit diesem Tag nicht mehr gesehen."

„Aber Ihre Nachbarn könnten alles Mögliche gemacht haben, es muss doch nicht gleich ein Mord geschehen sein", sagte Kruse.

„Herr Kleine fing noch am gleichen Nachmittag mit dem Graben an. Erst dachte ich mir nichts dabei. Am nächsten Morgen guckte ich aus dem Fenster und da lag die Teichfolie schon in der Erde und er ließ Wasser ein. Herrn Kleine bin ich auch nicht mehr begegnet. Später habe ich eins und eins zusammengezählt." Sie machte eine Pause und hob den Zeigefinger der rechten Hand. „Er ist untergetaucht, weil er seine Frau ermordet hat."

„Frau Lenz, das Ehepaar Kleine ist vielleicht nur ein paar Tage verreist", sagte Möller beschwichtigend.

Die Dame nickte und sprach: „Das glaubte ich erst auch, doch die Sache ließ mir keine Ruhe. Ich nahm meinen ganzen Mut zusammen und rief meine Nachbarin an. Sie hatte mir ihre Handynummer gegeben, falls ich mal Hilfe brauche."

„Sie haben Frau Kleine angerufen und dann …?"

Die alte Dame legte ihre Hand auf den Arm des Polizisten

und flüsterte: „Das Klingeln des Telefons, diese Musik … kam aus dem Teich."

Die Beamten blickten sich an und baten um die Handynummer.

Frau Lenz holte den Zettel mit der Nummer.

Dicht am Gartenzaun stehend tippte Kommissar Möller die Zahlen in sein Handy.

Tatsächlich drang einige Augenblicke später gedämpfte Musik aus der Erde.

„Habe ich doch gesagt, er hat seine Frau getötet und verscharrt", schniefte Frau Lenz und ging gestützt von Kommissar Kruse wieder ins Haus.

Möller eilte an ihnen vorbei und lief zum Streifenwagen.

Noch am selben Nachmittag kam die Kripo mit einem Beschluss, um nach der Leiche zu graben.

Frau Lenz, nun in Begleitung des Pfarrers, den sie als Beistand gerufen hatte, schaute durch die oberen Fenster in den Nachbargarten.

Es war sonst nicht ihre Art, aber an diesem Nachmittag trank sie mehrere Kräuterschnäpse, die selbst der Pfarrer nicht ausschlug, während sie beide das Treiben der Polizei beobachteten.

„Bei der Aufregung kann ich den Schnaps gut gebrauchen", sagte der Pfarrer vor jedem Glas und leerte es in einem Zug.

„Ich hab was!", rief einer der Beamten, der dort grub, wo noch vor wenigen Stunden die Teichfolie gelegen hatte.

Frau Lenz hielt ihre Hände vors Gesicht, während der Pfarrer sich mit dem Oberkörper, soweit es möglich war, aus dem Fenster lehnte, um alles genau sehen zu können. „Sie haben das Handy gefunden", flüsterte er.

Während die Spurensicherung immer tiefer grub, parkte

plötzlich ein Auto zwischen unzähligen Polizeiwagen vor dem Haus. Herr Kleine betrat verstört seinen Garten und fragte: „Was ist denn hier los? Was machen Sie in meinem Garten? Und wo ist mein Teich?!"

Einer der Beamten befragte den Gartenbesitzer, zeigte den richterlichen Beschluss und erläuterte die Vermutungen.

Herr Kleine wurde erst blass, dann lachte er laut.

Nachdem er sich wieder beruhigt hatte, sagte er: „Meine Frau werden Sie in der feuchten Erde nicht finden, die ist nämlich zur Kur gefahren."

„Zur Kur? Das können Sie sicher beweisen? Aber warum haben Sie ihr Handy vergraben?", hakte der Polizist nach.

„Es … es muss beim Teichbau passiert sein. Wir hatten das Ding vor ihrer Abfahrt schon überall gesucht. Vermutlich steckte es in meiner Gartenjacke und ist beim Schaufeln herausgefallen."

Frau Lenz hörte die Worte ihres Nachbarn. Da fiel es ihr wieder ein. Frau Kleine hatte ihr gesagt, dass sie die nächsten drei Wochen zur Kur sei.

„Hoppla", flüsterte sie und biss sich auf die Unterlippe, „das mit der Kur hatte ich ganz vergessen."

„Macht doch nichts. Das könnte jedem passieren", antwortete der Pfarrer, tätschelte mitfühlend Frau Lenz Schulter und füllte die Schnapsgläser erneut.

UNENTSCHIEDEN
Britt Glaser

Es war etwas ganz Besonderes, als wir das erste Mal mit unserem eigenen Boot übers Wasser fuhren.

Die „Doris" war nicht neu, aber unser langersehnter Traum. Seit wir sie besaßen, verbrachten Olaf und ich jede freie Minute auf dem Kanal und schipperten mal bis Holland, mal bis Magdeburg.

Neben unserer Anlegestelle lag die Lisa-Marie von Horst und Inge, einem sehr netten Pärchen. Horst hatte auf der Zeche Auguste Victoria in Marl gearbeitet und befand sich nun im Ruhestand. Er genoss es, mit Olaf Fußballübertragungen im Fernsehen anzuschauen, während Inge und ich Abendessen zubereiteten oder spazieren gingen.

Bootstouren, die wir hin und wieder gemeinsam unternahmen, festigten diese Freundschaft. Nichts schien die Stimmung unserer kleinen Gruppe beeinträchtigen zu können. Bis auf eine Sache: Horst war eingefleischter Borussia-Dortmund-Fan und für Olaf gab es nur einen Verein auf der Welt: Schalke 04.

Wir Frauen lachten kopfschüttelnd darüber. Auch als Horst eines Tages eine schwarz-gelbe Borussen-Fahne am Mast hisste, an dem sonst eine blaue Europafahne mit zwölf goldenen Sternen im Wind wehte.

Der Fahnenmast stand direkt vor dem angemieteten Anlegeplatz. Mir war er vorher nie bewusst aufgefallen.

Olaf biss die Zähne zusammen und ballte die Hände zu Fäusten.

Horst grinste zu uns herüber, hob die Arme in den Himmel und jubelte: „Eins zu null für Dortmund! Geil, ne! Die hab´

ich beim Kasten Bier dabei gekricht!"

Augenblicklich nahm Olafs Gesicht einen Ausdruck an, den ich in all den Jahren unserer Ehe nie gesehen hatte. Er drehte sich um und verschwand unter Deck, um kurz darauf mit frischem T-Shirt, Turnschuhen an den Füßen und dem Autoschlüssel in der Hand wieder zu erscheinen.

„Ich muss noch mal weg", raunte er mir im Vorbeigehen zu und verließ das Boot.

Horst lachte schallend und schlug sich mit den Händen auf die Schenkel. „Man muss doch auch mal ´nen Spaß verstehen können!"

Inge stand am Bug der Lisa-Marie und hob entschuldigend die Hände. Auch ich konnte nur mit den Schultern zucken.

Erst viele Stunden später kam Olaf zufrieden grinsend zurück und drückte mir einen Kuss auf die Wange.

Ich fragte nicht, wo er gewesen war, glaubte aber zu wissen, dass er sämtliche Getränkeläden in der Umgebung abgefahren hatte, um auch eine Fahne zu ergattern. Schließlich verbot ihm sein Stolz, den Bootsnachbarn zu fragen, bei welchem Geschäft es Fahnen zum Kasten Bier dazu gab.

Für den nächsten Morgen hatte Olaf sich extra den Wecker gestellt. Er schlich sich mit unserer Leiter von Bord.

Später saß er dann gut gelaunt mit mir beim Frühstück in der Morgensonne und grinste unaufhörlich, was nicht nur an den leckeren Brötchen und der Marmelade lag.

Sein Blick ging stetig zwischen der blau-weißen Fahne, die nun am Fahnenmast hing, und Horsts Boot hin und her. Er wartete nur darauf, das Gesicht unseres Nachbarn zu sehen, wenn dieser die Schalke-Fahne erblicken würde.

Und Olaf hatte seine Genugtuung, als eben dieses Gesicht sich dunkelrot färbte.

„Horst, ich hab´ noch was von dir", rief Olaf, und drückte ihm seine gelb-schwarze Fahne, fein säuberlich zusammengelegt, in die Hand. „Davon bekommste nur Augenkrebs. Hab mal ´ne vernünftige Fahne aufgehängt. Tor für Schalke."

Schnaufend vor Wut ging Horst mit seiner Fahne unter Deck und redete an diesem Tag kein Wort mehr mit uns.

Dieser Vorfall änderte alles.

Immer wenn wir nicht in der Nähe des Bootes waren, tauschte Horst die Schalke- gegen die Borussen-Fahne.

Olaf hingegen stand, wenn wir im Heimathafen lagen, drei Uhr nachts auf, um Horsts Fahne zu entfernen und seine Schalke-Fahne aufzuhängen.

Morgens freute er sich jedes Mal wie ein Schneekönig, wenn Horst die Zornesröte ins Gesicht stieg. So ging das viele Tage lang.

Ich hatte mich nie für Fußball interessiert und konnte die ganze Aufregung um zwei Fahnen unterschiedlicher Vereine nicht verstehen. Inge ging es genauso. Nur dumm, dass unsere Männer seit dieser Zeit immer sehr beschäftigt taten, um bloß nichts mit den Nachbarn unternehmen zu müssen. So kam es, dass nur wir Frauen zusammensaßen und Kaffee tranken.

Als ich zur Lisa-Marie herüberschaute, sah ich, was Horst Wichtiges zu tun hatte: Er stand an Deck vor seiner aufgestellten Leiter und bemalte diese mit gelber und schwarzer Farbe. Zehn Zentimeter schwarz, zehn Zentimeter gelb. Fragend blickte ich Inge an. „Borussia Dortmund" flüsterte sie und nahm einen großen Schluck Kaffee. Für mich sah das Ganze wie eine Biene-Maja-Verkleidung für Trittleitern aus, aber ich sagte nichts, denn wer konnte schon wissen, was Olaf gerade anstellte.

Auch wenn unsere Männer Gefallen an ihren kleinen Spielchen hatten, fand ich es schade, dass wir keine gemeinsamen Bootstouren mehr unternahmen.

Stattdessen fuhr jedes Pärchen allein und Olaf blickte jedes Mal mit ernstem Gesicht zurück und beobachtete, wie Horst auf der, von Weitem gut erkennbaren, gelb-schwarzen Leiter stand und die Schalke-Fahne gegen die Borussen-Fahne tauschte.

„Dem werd´ ich´s zeigen, das schwör ich", flüsterte Olaf und umklammerte die Reling.

„Mach keinen Quatsch, Olaf!", sagte ich und sah in Gedanken bereits einen abgesägten Fahnenmast - und die Rechnung für diesen kindlichen Akt, die natürlich an uns ging.

„Ach Schatz, wo denkst du hin, ist doch nur Spaß", beschwichtigte Olaf mich, als er den Hafen nicht mehr sehen konnte. In Wirklichkeit aber kreisten seine Gedanken darum, wie er Horst eins auswischen konnte.

Inges Gesicht lag in Sorgenfalten, sie fand diese Aktionen lächerlich und überlegte, ob sie es überhaupt noch mit Männern zu tun habe. Das war aber nicht ihre größte Sorge. Ganz im Vertrauen erzählte sie mir, dass sie den Verdacht hege, Horst habe Herzprobleme.

Am folgenden Abend berichtete ich Olaf von Horsts gesundheitlichen Schwierigkeiten. Da diese kleinen Machtspielchen um verschiedenfarbige Stoffffetzen meiner und Inges Ansicht nach sowieso unnütz waren, bat ich ihn, mit dem Unsinn aufzuhören.

„Das verstehst du nicht, du bist ´ne Frau", fuhr er mich an.
„Das ist Männersache, da kann ich unmöglich klein beigeben."

Später versprach er mir aber dennoch, Horst nicht mehr zu reizen.

Stattdessen besorgte er tags darauf aus einem Baumarkt ein zwei Meter langes Rohr, das mich stark an eine Lanze erinnerte. Olaf bastelte den ganzen Nachmittag lang. Dabei pfiff er gut gelaunt wie schon lange nicht mehr.

Am Ende rief er mich, um stolz das Ergebnis zu präsentieren. An der vermeintlichen Lanze, die nun die Funktion eines Fahnenmastes hatte und an der Reling unserer Doris befestigt war, hing seine geliebte blau-weiße Schalke-Fahne. Mir fiel auf, dass die mindestens 1,50 Meter lange Fahne bei Wind ins Boot flattern würde und wir zu wenig Sicht hätten. Doch ich sagte nichts, weil ich hoffte, Olaf würde von selber darauf kommen.

Und als ob er meine Gedanken lesen würde, erklärte er: „Ich weiß, die Fahne is´n bisschen zu groß. Aber ich werd´ mir Wimpel besorgen, wie der Horst."

Drüben waren nicht nur ein paar gelb-schwarze Wimpel. Die Lisa-Marie war von Horst komplett damit geschmückt worden und erinnerte an einen Ausflugsdampfer. Ich fand keine Worte dafür und fragte mich kopfschüttelnd, was wohl als Nächstes kommen würde.

Der Wetterbericht versprach für den kommenden Tag herrlichen Sonnenschein. So standen wir früh am Morgen auf, um an diesem Tag über die Kanäle Richtung Holland zu schippern.

Olaf war bereits an Deck. Ich putzte mir gerade die Zähne, als Olaf etwas schrie. Wütend warf ich die Zahnbürste ins Becken. Sicher ging es wieder um die blöde Fahne, die Horst abgenommen oder aufgehängt hatte. Ich hörte ihn noch mal rufen.

Nun reichte es mir und ich kletterte zornig an Deck. Und tatsächlich, ich sah Olaf wie vermutet am Fahnenmast!

Im ersten Moment noch stinksauer, doch dann erkannte ich, dass es nicht um die Fahne ging.

Olaf stand auf der kitschig bemalten Biene-Maja-Leiter und versuchte, Horst zu befreien. Der Nachbar hatte das Seil des Fahnenmastes um seinen Hals und baumelte knapp über dem Boden.

„Mensch Horst, wat machste nur für'n Scheiß!", schrie Olaf schrill. Ich stand nur da und starrte auf den schlaffen und leblosen Körper von Horst.

Unfähig, irgendetwas zu tun.

Guckte nur.

Auch als die Leiter kippte.

Alles wie in Zeitlupe.

Olaf fiel in die Richtung unserer Doris und ich glaubte, er würde sich an seinem eigens errichteten Fahnenmast aufspießen. Mein Herz stockte. Doch er stürzte knapp vorbei. Seine Hände griffen im Fall das Metallrohr. Meine Starre löste sich und ich machte einen Schritt, wollte ihn festhalten, aufhelfen, irgendetwas tun. Doch der selbst gebaute Fahnenmast löste sich mit einem lauten Knacken. Olaf schlug mit dem Kopf dumpf auf die Reling und keine Sekunde später laut platschend ins Wasser. An der Reling angekommen, sah ich gerade noch, wie Olaf samt Fahnenmast und blau-weißer Schalke-Fahne im trüben Wasser versank.

Die Feuerwehr konnte ihn nur noch tot aus dem Kanal bergen. Der Fahnenmast habe Olaf unter Wasser gezogen, mutmaßten sie, doch ich wollte nichts davon hören. Was ich gesehen hatte, genügte mir.

Am nächsten Tag berichteten sie sogar im Regionalradio über diese schlimme Tragödie, noch bevor sie die Bundesligaergebnisse bekanntgaben.

Unter anderem:

Schalke gegen Dortmund – Unentschieden.

IN HERBSTLICHER MISSION
Brigitte Vollenberg

Die Anzeichen kamen plötzlich und unerwartet. Die meteorologischen Voraussetzungen waren mir bekannt und ein Blick auf den Kalender hätte den Tag des Herbstanfangs klar angezeigt. Aber daran machte ich den Beginn der dritten Jahreszeit nicht fest.

Eine seltsame Unruhe weckte mich. Ich stand auf und trat an das geöffnete Fenster. Meine Lunge füllte sich mit frischer kühler Morgenluft. Ein leicht moderiger Geruch stieg mir in die Nase. Dünne Nebelschleier hatte die Häuser eingehüllt und dieses gräulich diffuse Licht erzeugte bei mir ein schauriges Gefühl. Ich fröstelte. Die Blätter färbten sich und unter dem alten Kastanienbaum im Hof lagen die ersten Früchte. Sie waren auf den Asphalt gefallen und aufgeplatzt. Die makellosen glatten braunen Kastanien faszinierten mich. Kinder, die auf ihrem Schulweg gleich an diesem Baum vorbeikamen, würden jubeln und sich die Kastanien in die Taschen stecken.

Braune und gelbe, an den Rändern bereits vertrocknete fünffingerige Blätter, bedeckten den Boden. Der kühle Herbstwind vermischte sie mit dem rot gefärbten Laub des Weines, der an meiner Hauswand rankte. Meine Sinne sagten mir, dass die Zeit gekommen war. Herbstzeit – Zeit der Vergänglichkeit – die Natur starb.

Eine mir aus dem letzten Herbst durchaus bekannte innere Zerrissenheit erfasste mich. Ich machte meinen morgendlichen Spaziergang mit Max, meinem Hund. Die herbstlichen Eindrücke im Park verstärkten bei mir den inneren Konflikt zwischen Wunsch und Wirklichkeit.

Die Erinnerungen an die Begebenheit im letzten Herbst versetzten mich in eine euphorische Stimmung.

Ich konnte später nicht sagen, ob ich mich bewusst entschieden hatte, den kleinen schmalen Pfad an der Hinterseite der Schrebergärten entlangzulaufen, oder ob es vielleicht Max war, der plötzlich diesen Weg eingeschlagen hatte. Das Pättchen endete hinter unserer Kirche. Max lief an seiner Langlaufleine schnurstracks die Treppenstufen zur Sakristei herauf und schnupperte an der Tür.

„Max, komm zurück!" rief ich. „Hierher, bei Fuß!" Max reagierte nicht. Er sog tief die Luft durch die Türritzen ein, verharrte einen Moment in äußerster Konzentration und dann bellte er wie verrückt. Die Tür der Sakristei öffnete sich und hinaus trat eine wasserstoffblond gefärbte, akkurat dauergewellte Siebzigjährige, die mir namentlich zwar nicht bekannt war, aber so gut wie zum Kircheninventar gehörte. Sie hatte ein ehrenamtliches Pöstchen inne und bestätigte jedem Gemeindemitglied stets die ungeheure Wichtigkeit ihrer Tätigkeit und ihrer Person. Sie war nicht beliebt, aber niemand wagte es, sich ihr in den Weg zu stellen.

„Nehmen Sie den Köter weg, der ist ja lebensgefährlich" rief sie. „Da steht man in aller Herrgottsfrühe auf, bereitet alles für den Morgengottesdienst vor, bekommt keinen Pfennig dafür und kann sich zum Lohn auch noch von diesem Köter anbellen lassen. Bodenlose Unverschämtheit!"

Während sie die schwere Holztür mit einer Wucht zuschlug, mit einer Kraft, die ich von ihr nicht erwartet hatte, murmelte ich eine Entschuldigung. Ich kraulte Max, der nun ganz brav neben mir stand, den Kopf, und wir setzten unsere Gassi-Runde fort.

Gertrud ging mir nicht mehr aus dem Kopf. Ich nannte sie einfach Gertrud. Ich kannte einmal eine Gertrud, die war mir ebenso unsympathisch wie diese Frau. Es ist leichter, an jemanden zu denken und sich mit ihm zu beschäftigen, wenn man der Person einen Namen gibt. Außerdem sprach ich mit Max über sie. Er konnte sich diesen Namen sehr gut merken und er wusste gleich, über wen ich mit ihm sprach, denn ein leises dumpfes Grummeln entwich seiner Kehle.

Sollte Gertrud die Hauptfigur meiner diesjährigen herbstlichen Mission sein? Hatte Max die Weichen gestellt, als er sie aufgespürt hatte? Ich würde darüber nachdenken müssen.

Die Erinnerungen an Gertrud summierten sich. Ich kannte sie nicht persönlich, aber meine Begegnungen mit ihr waren vielfältig. Ich verglich meinen Erinnerungsschatz in Bezug auf Gertrud mit dem Ergebnis einer Suchmaschine im Internet. Ich gab Ihr einen Namen: Gertrud. Dieser würde mir sogleich Unmengen von Zugriffsmöglichkeiten aufzeigen.

Ich dachte an den Streit auf dem letzten Pfarrfest, den ich beobachtet hatte. Sie hatte sich lautstark an der Kuchentafel der Frauengemeinschaft um das letzte Stück Erdbeertorte mit einem Grundschüler gestritten. Gertruds schrille und unangenehme Stimme erklang in meinen Gedanken.

„Ich war aber zuerst dran, drängle dich mal nicht so frech vor, du kleine Rotznase" hatte sie gesagt. „Stell dich gefälligst hinten an. Ich nehme das letzte Stück Erdbeerkuchen."

„Oh, das wollte ich aber gerne haben" sagte der Kleine enttäuscht.

„Pech gehabt" flüsterte sie im Vorbeigehen und trug triumphierend den Erdbeerkuchen zu ihrem Platz.

Das schrecklichste Erlebnis mit Gertrud hatte ich vor zwei Monaten. Ich war in die Kirche gegangen, um dem hl. Antonius von Padua zu danken. Er ist einer der beliebtesten Heiligen, weil er der Wiederbringer verlorener Sachen ist. Ich hatte meinen Siegelring verloren. Er musste mir auf einem Hundespaziergang abhandengekommen sein. Ich trug den Ring immer an meinem linken Ringfinger. Ich suchte tagelang. Der Ring blieb verloren. Monate später, im Frühjahr, die Mitarbeiter des Grünflächenamtes hatten die Grasstreifen rechts und links der Marathonbahn gemäht, blitzte etwas in der Sonne, als Max interessiert schnupperte. Ich konnte ihn nicht dazu bewegen, sich von der Stelle zu entfernen. Und dann lag der Ring dort vor mir auf der kurz geschnittenen Rasenfläche. Ich fand, es war einen Dank an den hl. Antonius wert. Ich betrat durch den rechten Seiteneingang die Kirche. Die Sonne verwandelte den Kircheninnenraum durch die bunten Fenster in ein farblich beeindruckendes Gesamtkunstwerk. Der hl. Antonius grinste mich an. Ich hatte das Gefühl, er kniff mir ein Auge zu. Bis zu diesem Zeitpunkt hatte ich angenommen, ich sei allein in der Kirche, aber unangenehme Geräusche von der anderen Seite erregten meine Aufmerksamkeit.

„Verschwinden Sie hier, aber ein bisschen plötzlich" kreischte eine Frauenstimme. „Was fällt Ihnen ein, hier Ihren Müll abzulegen!"

Aufmerksam geworden lief ich quer durch die rechte Bankreihe, bekreuzigte mich im Mittelgang und lief weiter auf die linke Seite zur Statue der Mutter Gottes, die den neugeborenen Jesus im Arm hielt. Eine Frau in weiten Gewändern, ein Kopftuch über ihre langen braunen Haare gebunden, kniete in Ehrfurcht mit erhobenen gefalteten Händen davor und schien zu beten. Sie hatte zu Füßen der Marienstatue etwas abgelegt. Was aber meine Empörung hervorrief, war Gertrud. Damals nannte ich sie allerdings noch nicht so. Sie stand hinter der betenden Frau, hatte eine durchsichtige Regenhaube kunstvoll über ihre blonden Dauerwellen gelegt. Mit einer Hand hielt sie ihren Rollator und mit der anderen einen schwarzen Gehstock. Diesen hatte sie hoch erhoben und versuchte, nach der knienden Frau zu schlagen.

Gertrud erblickte mich. „Gut, dass Sie kommen, ich brauche Ihre Hilfe" keuchte sie nach Luft schnappend. „Dieses Subjekt legt hier einfach ihren Kram in der Kirche ab. Das Gotteshaus wäre die reinste Müllhalde, wenn das jeder tun würde."

„Jetzt beruhigen Sie sich erst einmal. Niemand legt hier seinen Müll ab."

„Doch, diese Frau ist nicht aus unserer Gemeinde. Sehen Sie nur, wie sie aussieht. Sie gehört zu diesem Pack, das vor den Toren der Stadt kampiert. Sie darf hier nichts hinlegen, das ist unsere Kirche" brüllte sie. Und wieder erhob sie den Gehstock und holte aus. Im Rückschwung griff ich ihren Arm und entwaffnete sie. Der Küster war durch den Tumult aufmerksam geworden und kam aus der Sakristei gelaufen und mir zur Hilfe.

Gertrud war kaum zu beruhigen. Die Roma-Frau dankte der Mutter Gottes für eine glückliche Fügung in ihrem Leben. Es war der Ausdruck ihres Dankes, etwas zu kaufen und hier abzulegen. Diese Spende sollte später den Armen der Gemeinde zugeführt werden. Das Ritual unterschied sich natürlich von unseren Gepflogenheiten, Danke zu sagen. Ich wollte mich auch bedanken und hätte dem hl. Antonius ein

135

paar Münzen in die Spardose geworfen, die an seinem Sockel angebracht war. Gertrud konnte nicht verstehen, dass die zwei rosafarbenen Handtücher der Roma-Frau eine Spende mit karitativem Charakter waren. Ich hörte sie noch hinten im Turm am Taufbecken schimpfen. Worte wie „kriminelles Gesindel - sollen doch bleiben, wo der Pfeffer wächst - ehrbare Bürger" schallten zu mir herüber.

Ich habe Gertrud danach lange Zeit nicht gesehen. Aber ich gehe ja auch nicht regelmäßig in die Kirche. Sie wird sicher immer in der ersten Reihe sitzen und versuchen, mit Präsenz in „ihrer" Kirche ihr Negativkonto vor Gott auszugleichen.

„Was meinst du?" fragte ich Max. „Habe ich mit Gertrud in diesem Herbst die richtige Wahl getroffen?" Max wedelte freundlich mit dem Schwanz und fing bei dem Namen Gertrud leise an zu knurren.

Gestern prasselte der Regen unaufhörlich gegen die Fenster und weder Max noch ich hatten Lust auf einen ausgedehnten Spaziergang. Er rollte sich in seinem Körbchen zusammen und ich drehte mich auch im Bett noch einmal auf die andere Seite. Zum Herbst gehören auch: Ein graublau wolkenverhangener Himmel, Wassermassen, die der Gully nicht fassen kann und das Gefühl, als würde es nie mehr hell werden. Die Stimmung würde depressiv werden und die traurigen Tage des Novembers machten vielen Menschen das Leben schwer. Ich würde auch in eine Stimmung fallen, die an Trübsinn, Trauer und Hoffnungslosigkeit nicht zu überbieten war. Aber ich hatte einen Weg gefunden, mich aus eigener Kraft aus dieser Situation zu befreien. Ich hatte mich schon fast für Gertrud entschieden.

Max schaute mich an und forderte mich schließlich, trotz heftiger Regenfälle, zum Spaziergang auf. Auf dem Weg zurück gingen wir ein kurzes Stück durch die Fußgängerzone. Dort saß ein Mann auf einer Decke, neben ihm lag ein Schäferhund. Auf einem Pappschild stand: Zwei Wanderer auf der Durchreise bitten um eine kleine Gabe. Neben dem Hund entdeckte ich zwei Dosen Hundefutter und ein Päckchen mit Kaustangen. In einer kleinen Blechdose lagen wenige Münzen. Weil es regnete, saßen die beiden geschützt unter einer Krachplatte am Drogeriemarkt. Gertrud schob mit ihrem Rollator, die beiden Griffe fest umklammert, in direkter Linie auf die Wanderburschen zu. Sie betätigte die kleine Fahrradklingel an ihrer Gehhilfe.
„Aus dem Weg!" rief sie. „Glauben Sie, ich lass mich nass regnen, weil ein Penner mir im Weg sitzt?" Sie schob ganz nahe an die beiden heran und bedrängte sie. „Los, verschwinden Sie da" rief sie, „sonst hol ich die Polizei."
Passanten blieben unter ihren bunten Regenschirmen stehen, verfolgten die einseitige Auseinandersetzung. Mit ihren Vollgummireifen schubste sie gegen den Schäferhund. Der sprang natürlich erschreckt auf und fing an zu bellen.
„Jetzt fletscht das Vieh auch noch seine Zähne. Sie haben es alle gesehen" rief sie aufgebracht. „Hilfe! Polizei!".
Der Wanderer packte in Windeseile seine Sachen zusammen und Hund und Herrchen verschwanden.

Max beobachtete mich. Zog sein samtiges Fell auf der Stirn in Falten.
„Okay" sagte ich. „Du hast recht, Max, in diesem Jahr wird

es Gertrud treffen.“

Er entspannte seine Mimik wieder und wedelte mit dem Schwanz.

An einem nieseligen Novembernachmittag kam mir der Zufall zu Hilfe. Ich war in der Stadtbücherei und trug meinen Lesestoff nach Hause, als ich Gertrud auf den Fußgängerüberweg zuschieben sah. Sie trug wieder diese durchsichtige Plastiktüte, kunstvoll auf den blonden Dauerwellen drapiert und unter dem Doppelkinn zusammengebunden. Ihre Haare, die Gesichtsfarbe und der Wettermantel schienen in einem Farbton ineinander zu verschmelzen. Die überdimensionierten Brillengläser waren mir bisher nie aufgefallen, verliehen ihrem zynischen Gesichtsausdruck die Optik einer Eule. Sie zog mit einer Hand ihren Gehstock aus der Halterung des Rollators und winkte dem fließenden Verkehr. Sie fuchtelte mit dem Stock in der Luft herum, bevor sie überhaupt den Zebrastreifen erreicht hatte. Kein Autofahrer deutete dieses unkoordinierte Gezappel als Aufforderung anzuhalten, um die Überquerung der Straße zu gewähren.

Ich beschleunigte meine Schritte und trat direkt hinter sie. Warum wollte sie eigentlich die Autofahrer zwingen anzuhalten? An diesem Überweg gab es eine Ampel. War sie farbenblind oder war es das Recht, das sie ohne Begründung einforderte, die Straße zu überqueren, weil sie es wollte? Ein Stück weiter hielt ein Linienbus an seiner Haltestelle. Eine große Schar Schüler entstieg dem Bus und eilte auf den Überweg zu. Alle sahen, dass die Ampelschaltung für Fußgänger rot war. Alle blieben stehen und bemerkten den LKW, der von rechts auf den Zebrastreifen zufuhr. Seine

Ampel hatte grün. Gertrud erkämpfte sich eine Position in der ersten Reihe der Wartenden, setzte den Stock gegen die Schüler ein, fühlte sich von ihnen bedrängt, forderte das Recht ein, auf eine alte Frau Rücksicht zu nehmen. Ich verhalf ihr zu ihrem Recht, bevorzug behandelt zu werden. Es war ganz leicht, kostete nur wenig Kraft.

Das Quietschen der Bremsen, das Geschrei der Passanten, später das Martinshorn und die Polizeisirene erfüllten an diesem Herbsttag die Humboldtstraße. Diesmal war Gertrud sprichwörtlich einen Schritt zu weit gegangen. Meine innere herbstliche Verkrampfung löste sich.

Als ich in die Diele trat, begrüßte mich Max mit freudigem Gebell.

„Unsere Mission für diesen Herbst ist erfüllt" flüsterte ich Max zu und kraulte ihm die Ohren.

HAARSCHARF
Britt Glaser

„Na, Benni, wie geht es dir heute?", fragte Laura.

„Es geht mir jeden Tag besser", log Ben.

„Hast du gegessen?", wollte sie wissen und betrachtete ihren blassen Zwillingsbruder im Krankenhausbett.

„Es geht nicht", antwortete er. „Mein Magen schmerzt und ich bin wie zugeschnürt."

Laura machte sich große Sorgen um Ben, dem es noch nie so schlecht ging, selbst nicht, als sie Kinder waren und verschiedene Kinderkrankheiten durchgemacht hatten.

„Sie werden dich künstlich ernähren müssen, wenn du nicht isst."

„Ich weiß", hauchte er.

Laura kramte in ihrer Handtasche und holte ein Gläschen Babykost und einen Löffel heraus.

„Ich kann nicht, mir ist nicht gut", wisperte Ben.

„Jetzt sei ein Mann und iss, schließlich haben alle Untersuchungen ergeben, dass du kerngesund bist. Bitte iss mir zuliebe und denk daran, wir sind Zwillinge und ich fühle mich auch mies, wenn es dir schlecht geht."

Ben öffnete den Mund und nahm einen Löffel voll und schluckte.

„Na, siehst du, wer schön isst, darf demnächst auch nach Hause", witzelte sie und bald war das Glas leer.

Ben rülpste laut. Laura interpretierte in das Geräusch hinein, dass es ihm geschmeckt hatte. Aber nur wenige Augenblicke später erbrach er das eben Gegessene auf die weiße Bettdecke.

„Ich habe doch gesagt, ich kann nicht", röchelte er mit Tränen in den Augen.

Laura klingelte nach der Schwester und begann das Bett abzuziehen.

Danach blieb sie schuldbewusst an Bens Bett sitzen, bis er eingeschlafen war, und verließ leise das Zimmer. Traurig durchquerte sie die Flure des Krankenhauses und konnte nicht begreifen, warum die Ärzte noch keine Ursache für Bens Beschwerden gefunden hatten. Mit Tränen in den Augen stand sie allein im Aufzug. Als er hielt, trat eine ältere Frau, ganz in Schwarz gekleidet, ein, und fragte: „Na, was macht die Kunst?"

„Ach Entschuldigung,", antwortete Laura „ich habe Sie gar nicht erkannt."

„Wirkt es?", wollte die Frau wissen. „Nein, leider nicht, mein Chef springt froh und munter durch die Büros und baggert alle Frauen an."

„Ich habe es erklärt, es kommt auf den Glauben an, du musst es wollen und deine kosmische Kraft einsetzen", sagte die Alte verschwörerisch.

„Mach ich doch schon, aber es tut sich nichts."

„Komm am Donnerstagabend zu mir, wir werden noch einmal alles besprechen."

Laura nickte und war im Begriff den Aufzug zu verlassen, dann fragte sie noch schnell: „Können Sie auch jemanden heilen?"

„Bring etwas von der Person mit, dann werden wir sehen, was ich tun kann."

Auf der Fahrt nach Hause schlug die Angst um ihren Bruder in Wut um und kein Autofahrer konnte es ihr recht machen. Zu Hause angekommen hing sie die Jacke an die Garderobe und lief ins Wohnzimmer. Auf dem Tisch stand eine Kerze, daneben lag eine handgroße Puppe, aus Lumpen, die mit Bindfaden zusammengebunden war. Das Innenleben bestand aus Stroh. Laura zündete die Kerze an und murmelte eine Art Gebet, nahm eine Nadel und stach sie wütend in die Puppe.

Am nächsten Tag im Büro sah sie ihren Chef Markus Steiner vor der Mittagspause freundlich von einem zum anderen gehen und ein paar Worte wechseln.

Warum klappt es nicht, überlegte Laura und dachte an die vielen Nadeln, die bereits in ihrer Puppe steckten. Vielleicht war alles nur Humbug und die Alte wollte mit ihrem Hokuspokus nur Geld verdienen. Dabei wollte sie Markus eins auswischen, sich rächen, weil er ihr eine Abfuhr erteilt hatte und sie ihn trotzdem jeden Tag ertragen musste. Sie fühlte sich zutiefst verletzt und überlegte schon, sich einen neuen Job zu suchen. Denn noch nie hatte sie eine Abfuhr von einem Mann bekommen. Warum ausgerechnet von Markus? Auf der Weihnachtsfeier verbrachten sie den ganzen Abend zusammen, hatten über Gott und die Welt geplaudert und verstanden sich großartig. Irgendwann spät abends hatte er gesagt: „Du bist mir irgendwie vertraut, als ob wir uns schon ewig kennen."

Laura spürte es auch, wenn sie in seiner Nähe war und hatte eins und eins zusammengezählt. Er war vom Sternzeichen Jungfrau und sie Zwilling. Diese Konstellation geht gar nicht gut oder hält ein Leben lang, hatte sie irgendwo einmal gelesen. Ja, ein Leben lang mit Markus, das könnte sie sich vorstellen, es war ein wundervoller Gedanke. Aussehen, Charakter und Bildung, bei ihm stimmte alles. Er musste doch auch spüren, dass sie zusammengehörten! Er war zwar nett zu ihr, aber immer hielt er eine gewisse Distanz. Keine Berührung, kein Kuss. Als sie sich im neuen Jahr begegneten, schien der Zauber der Weihnachtsfeier nicht mehr zu existieren, er behandelte sie wie Luft. Da beschloss sie, wenn er sie nicht wollte, sollte er keine Andere bekommen, deshalb war sie zu der alten Frau gegangen, der man übernatürliche Kräfte nachsagte. Die Frau war eine Hexe und kannte sich mit allerlei Zauber aus. Nach einem Beratungsgespräch entschied sich Laura für Voodoo-Zauber. Er sollte spüren, dass sie wütend war.

„Hallo Laura, geht es Ihnen gut? Sie wirken mir in letzter Zeit so unglücklich", holten seine weichen fürsorglichen Worte sie aus den Gedanken. Oh, der gnädige Herr fragt nach meinem Wohlbefinden, dachte Laura. Sie wollte böse auf ihn sein, doch es klappte nicht. Stattdessen machte sie ein ratloses Gesicht und sagte: „Das muss täuschen, ich habe nur überlegt, wie ich diesem Computerprogramm etwas auf die Sprünge helfen könnte."

„Da bin ich aber froh, dass es Ihnen gut geht", sagte Markus und lächelte sein wunderbares Lächeln. Es war das Schönste, das es auf der ganzen Welt nur geben konnte. Dann wurde er von einem Kollegen angesprochen.

„Ist dir mal aufgefallen, dass der Steiner in letzter Zeit erst mittags anfängt", sagte die Kollegin, die Laura gegenübersaß.

„Klar, aber der arbeitet ja auch bis in die Nacht und dann noch die vielen Geschäftsessen mit den Kunden, das würde mich auch schlauchen."

„Das tut es wohl auch, der hat seit einigen Tagen ganz schön dicke Augen."

„Ach ja? Ist mir gar nicht aufgefallen", sagte Laura mit Bedauern in der Stimme und freute sich, weil der Voodoo-

Zauber vielleicht doch Wirkung zeigte. Sie hatte vor einigen Wochen ein Haar ihres Chefs von seinem Jackett genommen und so getan, als werfe sie es zu Boden. Dieses Haar brachte Laura zu der Alten, die es besprach und dann ins Innere der Voodoo-Puppe steckte.

Beim nächsten Besuch ihres Bruders im Krankenhaus nahm sie ein Haar von seinem Kopfkissen. Erschrocken sah sie, dass viele Haare auf dem Kissen lagen. Hatte er nun auch noch Haarausfall? Aber wovon nur? Bei der alten Frau breitete sie das Taschentuch mit dem Haar aus und flehte: „Das ist ein Haar von meinem Zwillingsbruder, es geht ihm sehr schlecht. Kein Arzt kann helfen, sie sind meine ganze Hoffnung."

Die Alte sprach einige Zauberformeln in einer für Laura unverständlichen Sprache. Dann begann sie zu singen und legte das Haar feierlich in eine Schale. Sie sang und sprach im Wechsel und goss verschiedene Flüssigkeiten über das Haar. „Glaube an dich und deine Kraft und an die Kraft, die von dir als Zwilling ausgeht. Du bist auf einer geistigen Ebene verbunden mit deinem Bruder und wirst ihm helfen können. Bevor die Sonne aufgeht, musst du in die Flüssigkeit blicken und den Geist des Bruders rufen und ihm sagen, dass es ihm gut geht und er gesund ist. Gib ihm deine Kraft und er ist bald wieder auf den Beinen."

Laura bedankte sich und nahm die Schale mit Haar und Flüssigkeit mit nach Hause. Gleich am nächsten Morgen stand sie noch vor Sonnenaufgang auf und tat, was die Alte verlangte. Sie hatte ein gutes Gefühl und beschloss, noch bevor sie ins Büro fuhr, kurz im Krankenhaus bei Ben vorbeizuschauen. Im Büro würde sie sagen, sie hätte verschlafen. Ben ging es erstaunlicherweise gut, er hatte angenehm geschlafen und freute sich aufs Frühstück, wollte probieren etwas zu essen. Laura war überglücklich.

Auf dem langen Flur, der zum Ausgang der Klinik führte, sah sie Markus Steiner. Er durfte sie unmöglich hier sehen, denn im Büro hatte sie mitgeteilt, sie habe verschlafen. Schnell huschte sie in einen abzweigenden Gang.

Steiner lief vorbei, hatte sie scheinbar nicht gesehen.

Wieder im Büro machte sich Laura sofort gut gelaunt an die Arbeit.

Markus Steiner kam gegen Mittag. Er hatte wie immer für jeden Mitarbeiter ein freundliches Wort. Als er Laura begrüßte und sich nach ihrem Wohlbefinden erkundigte, antwortete Laura: „Danke es geht mir gut, aber ich würde gern über einige Kunden mit Ihnen sprechen, haben Sie nachher Zeit?" Markus überlegte kurz. „Wenn es Ihnen recht ist, könnten wir das mittags mit einem Imbiss verbinden. Wir könnten zum Italiener gehen."

„Ist gut, also bis gleich", sagte Laura und widmete sich bis zur Mittagspause ihrer Arbeit.

„Du kannst es aber auch nicht lassen", flüsterte die Kollegin und belehrte sie: „Ich habe es dir schon so oft gesagt, du bist Zwilling und er Jungfrau. Das geht gar nicht. Du brauchst einen Wassermann oder einen Löwen."

„Finden Zwilling und Jungfrau zueinander, ist es für immer und ewig", konterte Laura.

„In welcher Illustrierten hast du das gelesen?", meinte die Kollegin. „Glaube nicht den Mist aus irgendwelchen Blättchen, sonst könntest du ja gleich an dein Horoskop aus der Tageszeitung glauben."

„Das tue ich doch, du etwa nicht?", neckte Laura.

Beim Italiener aßen sie Pizza und Laura konnte sogar mit

Markus über die Gäste vom Nachbartisch lachen, die sich nicht wirklich benehmen konnten. Spätestens als die Mutter Flodder mit grünen Gummischuhen an den Füßen ihre Tochter Cloe aufforderte, den Strohhalm nicht in die Nase des Bruders zu stecken. Auf dem Weg zum Büro stimmten sie immer wieder Lachsalven an.

„Das hat Spaß gemacht, Laura, wir sollten öfter mal Dienstgespräche in die Mittagspause legen", sagte der Chef, als sie sich trennten und jeder an seinen Schreibtisch ging. Rosarot war dieser Tag für Laura, sie machte sich wieder Hoffnungen und malte sich in den schillerndsten Farben ein Zusammenleben mit Markus aus. Tagsüber ginge jeder seinem Job nach und die Nächte würden ihnen gehören. An den Wochenenden könnten sie alle Metropolen Europas besuchen, bis sie ihren Jahresurlaub irgendwo auf einer Safari in Afrika verbringen würden. In einem Zelt schlafen oder einfach nur unter freiem Himmel.

Er war der Richtige, das spürte sie. Energiegeladen arbeitete sie bis in die Abendstunden. Als nur noch sie und Steiner im Büro waren, ging sie unter dem Vorwand, Unterlagen unterschreiben zu lassen, in sein Büro und fragte vorsichtig: „Können wir uns mal wieder verabreden, privat, meine ich?"

Er griff nach ihrer Hand und flüsterte: „Glaub mir, Laura. Ich bin nicht der Richtige. Es ist so, also … ich kann nicht, was nichts mit deiner Person zu tun hat, du bist wunderbar", er schluckte schwer, „wir passen nicht zusammen."

Was sollte das? Warum sagte er so etwas? Lauras rosa Welt versank in Dunkelheit und sie kam sich so unendlich dumm vor. Wie konnte sie auch nur so naiv sein und glauben, der Chef empfinde etwas für sie?

Laura sah die Welt auf dem Nachhauseweg durch einen Tränenschleier. Gekränkt und zutiefst verletzt ließ sie sich zu Hause auf die Couch fallen und weinte in die Kissen. Irgendwann begann sie, auf die Sofakissen einzuschlagen und später setzte sie sich hin und stützte den Kopf auf die Ellenbogen. Ihr Blick fiel auf die Kerze und die mit Nadeln überhäufte Puppe. „Es kommt auf den Glauben an, du musst es wollen und deine kosmische Kraft einsetzen", hörte Laura in Gedanken die Worte der Hexe. „Ja, ich glaube daran, ich glaube an meine Kraft!", rief Laura. „Und wie ich daran glaube!" Eigentlich sollte sie jeden Tag nur einmal in die Puppe piken, doch wütend griff sie alle Nadeln, die sie besaß und stach immer wieder wild auf die Puppe ein. Zwischendurch öffnete sie eine Flasche Wein.

Laut hallte das Läuten des Telefons in ihrem Kopf wider. Sie kroch von der Couch zum Telefon. Eine Krankenschwester teilte ihr mit, dass es Ben schlecht ginge und er wolle, dass sie in die Klinik kommt. Laura rief ein Taxi, da sie die Flasche Wein geleert hatte und den letzten Schluck vor kaum mehr als einer Stunde. Das Taxi ließ auf sich warten. Als der Wagen endlich da war und Laura das Krankenhaus nannte, fuhr der Fahrer los, dummerweise nicht in die Richtung, in der das Krankenhaus lag, sondern entgegengesetzt. Laura wies den Fahrer darauf hin und der meinte nur: „Ach das Krankenhaus meinen Sie, hätten Sie doch gleich sagen können." Laura hatte es gesagt, doch war die Sorge um ihren Bruder so groß, dass sie keine Lust hatte, zu streiten.

Der Nachtwächter ließ sie in die Klinik und Laura rannte über die leeren Flure. Sie betete und flehte in Gedanken, dass Ben wieder gesund werden würde. Der Geruch nach

Desinfektionsmittel erweckte Übelkeit in ihr. Endlich war sie am Zimmer angekommen und öffnete leise die Tür. Jemand saß auf dem Bett und umarmte Ben. Seinen Kopf hatte er auf Bens Schulter gelegt. Sie mussten ihr Kommen gehört haben, denn Ben streckte Laura seine Hand entgegen. Jetzt drehte sich der Fremde zu ihr um. „Markus?", entfuhr es Laura.

„Ich wollte ihn dir schon längst vorgestellt haben, aber es gab noch keine Gelegenheit", röchelte Ben. Laura setzte sich auf die andere Bettseite und hielt Bens Hand. „Ihr beide seid …" „Ja, wir sind zusammen", flüsterte Ben.

Laura nickte und blickte Markus an. Nun verstand sie auch, warum er keine Verabredung mit ihr wollte. Sie wich Markus Blick aus und schaute auf sein dunkles Hemd. Bens dunkelblonde Haare hafteten daran. Er hat noch immer Haarausfall, merkte Laura und dachte an das Haar, das sie ihrem Chef vom Jackett genommen hatte. Es war gar nicht tiefschwarz, sondern dunkelblond und steckte nun in der Voodoo Puppe. „Seit wann geht es dir so schlecht, Ben", wollte Laura wissen. „Es begann am späten Abend, ich hatte schon geschlafen."

„Aber am Morgen ging es dir doch gut?", sagte sie mehr zu sich selbst als zu Ben.

„Es ging ihm hervorragend, er hat sogar gegessen."

„Oh verdammter Mist", rutschte es Laura raus, „Markus, fahr mich ganz schnell nach Hause."

„Ich möchte bei Ben bleiben, nimm dir ein Taxi."

„Ich bin heute schon mit einem Taxi gefahren, das war aufregend genug. Du kannst mich ruhig fahren, wenn Ben in der Frühe aufwacht, wird es ihm besser gehen. Ich verspreche es dir, aber damit er gesund wird, muss ich ganz schnell

nach Hause. Wirklich, es eilt und bitte stell keine Fragen."
Markus war irritiert, verstand nicht, was Laura meinte, aber
er fuhr sie trotzdem. Nur schwer konnte er sich von Ben
lösen. An einer roten Ampel sagte er: „Ben hat mir schon
viel von dir erzählt, er hat dich sehr gern und deine Meinung ist ihm überaus wichtig …"
„… ich mag dich und für mich ist das Wichtigste, dass Ben
glücklich ist", sagte Laura. „Aber mal abgesehen von meiner Meinung oder meinem Segen für euch, wenn ein unter
dem Sternzeichen Zwilling Geborener und ein unter dem
Sternzeichen der Jungfrau Geborener zueinanderfinden
und sich lieben, ist es für die Ewigkeit."
„Ja, das habe ich auch gelesen", sagte Markus und lächelte.
Vor ihrem Wohnhaus ließ Markus sie aussteigen und fuhr
wieder zurück zum Krankenhaus.
Laura rannte die Treppen hoch, schloss die Wohnungstür
auf und eilte ins Wohnzimmer. Sachte zog sie die Nadeln
aus der Puppe und entfernte Bens Haar aus ihrem Körper.
Danach setzte sie sich vor die Schale und flüsterte den Rest
der Nacht Beschwörungen an den Geist ihres Bruders.
Am Morgen war es so, als hätte Ben nie auch nur das kleins-
te Wehwehchen gehabt. Er kam schnell wieder zu Kräften
und wurde glücklich entlassen. Laura schwor sich, nie wieder bösen Zauber anzuwenden, denn um Haaresbreite hätte ihr Bruder sein Leben lassen müssen. Sie würde nur noch
gute Magie anwenden, vielleicht in Form eines Liebeszau-
bers, denn ihr neuer Nachbar war tatsächlich ein Wassermann.

WER LESEN KANN
Britt Glaser

Melina trat gegen einen Stein, er kullerte über den Fußweg direkt auf einen Mann zu, der ihr entgegenkam. Sie senkte den Kopf und blickte auf den Weg.

Hoffentlich schimpft er nicht, dachte sie und lief eilig an ihm vorbei.

Nur wenige Zechenhäuser weiter war Melina zu Hause. Sie klopfte an die verwitterte Eingangstür des grauen Hauses. Die dunkelgrüne Farbe der Holztür war stellenweise abgeblättert. Eine Haustür sollte rot gestrichen sein, dachte Melina.

„Rote Türen laden das Gute ins Haus ein", hatte ihre Mutter oft gesagt.

Petra öffnete nun schon seit mehr als einem Jahr die Tür. Ihre Mutter kam eines Tages nicht mehr vom Einkaufen zurück. Ein Auto hatte sie auf der viel befahrenen Castroper Straße unweit von ihrem Zuhause erfasst. Hundert Meter von einer Fußgängerampel entfernt. Petra nahm Melina den Tornister vom Rücken und strich ihr übers Haar.

„Hallo Petra", sagte Melina zur neuen Frau ihres Vaters. „Hallo mein Goldstück, wie war es in der Schule?", wollte Petra wissen. Melina zog ihre Jacke aus und blickte Petra kurz an. Das Gesicht der neuen Mutter war angeschwollen wie so oft.

Bestimmt hat sie geweint, dachte Melina, sagte aber nichts. Sie setzten sich zum Vater an den Küchentisch, auf dem das Mittagessen stand. Schweigend aßen sie. Nach dem Essen räumten Melina und Petra den Tisch ab. Petra spülte die Teller. Melina griff zum Geschirrtuch und trocknete sie ab. Gedankenverloren schaute sie durch das Küchenfenster hinaus auf die Straße. Kinder fuhren auf Inlinern. Sie nutzten das schöne Wetter und genossen die ersten warmen Sonnenstrahlen nach dem langen kalten Winter.

Ein Mädchen, das Melina noch nie hier gesehen hatte, hielt an. Als sie Melina am Fenster erblickte, hob sie die Hand und winkte. Melina grüßte zurück. Das Mädchen machte eine Handbewegung, die Melina aufforderte, nach draußen zu kommen. Aber sie zögerte, schüttelte den Kopf und widmete sich wieder dem Geschirr.

Sie stellte sich vor, wie es wäre, vor dem Haus mit den anderen Kindern zu spielen und auf Inlinern die Straße auf und ab zu fahren. Dabei hatte sie das rosa Abendkleid ihrer Barbiepuppe an und der Wind wehte ihr durchs Haar.

Ich werde Papa fragen, ob ich raus darf, um mit den anderen Kindern zu spielen, überlegte sie. Aber dann fiel ihr ein, dass sie gar keine Inliner fahren konnte, nicht mal welche besaß.

Melina setzte sich an den abgeräumten Esstisch und begann mit ihren Hausaufgaben. Petra half, wenn es nötig war.

„Üb noch ein bisschen Lesen", bat Petra, als Melina später in ihr Zimmer ging. Melina nickte. Sie war eine sehr schlechte Leserin und zu üben hatte sie keine Lust. Die wenigen Bücher, die sie besaß, interessierten sie nicht, alles nur Kinderkram. Aber die Bücher von Petra fand sie toll. Es waren Bücher mit kurzen Geschichten, in denen fast immer was Gemeines passierte. Für Erwachsene eben. Sie las natürlich nur heimlich darin, denn wenn ihr Vater davon erfahren würde, hätte er wieder einen Grund auszurasten und Petra zu beschimpfen. Oftmals blieb es nicht beim Meckern und es passierte Schlimmeres.

Melina holte Petras Buch aus ihrem Versteck und schlug es auf. Sie las langsam, wie es Petra gesagt hatte. Manche Sätze wiederholte sie öfter, bis sie diese verstanden hatte. Nach und nach schaffte sie es, ganze Geschichten zu lesen und zu verstehen.

Es ging in der heutigen Geschichte um einen Mann, der seine Frau nach vielen Ehejahren verlassen will, um zu einer anderen Frau zu gehen. Der Mann hatte eine Lebensversicherung. Die Ehefrau wollte gerne das Geld aus dieser Versicherung haben, um ohne ihren Mann nicht in Armut leben zu müssen. Sie würde den Reichtum aber nur bekommen, wenn der Mann verstarb. So beschloss sie, ihn zu töten. Aber da sie nicht als Mörderin dastehen durfte, musste alles so arrangiert werden, dass jeder glaubte, es sei eine zufällige Verwechslung gewesen. Dann würde die Versicherung das Geld auszahlen.

Melina hörte die laute Stimme ihres Vaters. Von unten drangen die harten Worte die Treppe herauf. Er schrie Petra an. Melina verkroch sich unter ihre Bettdecke und betete, wie es die Mutter ihr beigebracht hatte. Erst sprach sie leise das Vaterunser und dann redete sie mit Gott, bat ihn, dass der Streit wieder aufhören möge.

Am nächsten Tag hatte Melina schulfrei, denn es war Wochenende. Sie erfüllte nach dem Frühstück ihre Aufgabe und trocknete das Geschirr ab, dabei blickte sie sehnsüchtig aus dem Küchenfenster. Fast alle Kinder aus der Nachbarschaft spielten schon draußen. Auch das neue Mädchen hüpfte fröhlich über den Bürgersteig. Sie verharrte, als sie Melina erblickte und forderte sie wieder auf, rauszukommen. Melina würde gern mit den Kindern spielen, rennen, laut sein und lachen.

Ich könnte Papa fragen, überlegte sie, aber er würde es sicher auch heute verbieten.

Das Mädchen zog ein Bonbon aus der Tasche und hielt es Melina hin. Doch die Scheibe war zwischen ihnen.

Seit dem Tod der Mutter war der Vater noch schlimmer geworden. Sie bekam Aufgaben vom Vater aufgetragen, die sonst ihre Mutter erledigte. So musste sie sich oft um Wäsche und den Abwasch kümmern. Nach draußen, um mit anderen zu spielen, durfte sie nicht mehr. Wenn Melina nachfragte, sagte er: „Und was ist, wenn du auch von einem Auto überfahren wirst? Dann habe ich niemanden mehr. Du bleibst schön drin, hier bist du in Sicherheit." Nur zur Schule durfte sie gehen.

Das Mädchen vor der Scheibe wedelte mit dem Bonbon. Melina schüttelte den Kopf. Die Neue zeigte auf das Bonbon und deutete mit dem Finger die Straße herunter. Sie lachte, hüpfte von einem auf das andere Bein und verschwand aus dem Bereich des Fensters.

Ein bekanntes Geräusch drang aus dem Wohnzimmer. Erst zischte es und sofort klapperte der Kronkorken über den Fliesentisch. Es konnte nur der Vater sein, der bereits nach dem Frühstück eine Flasche Bier öffnete. Er wurde immer so komisch, wenn er getrunken hatte, dann tat er ihr oft weh. Davor hatte sie Angst. Leise schlich sie an der Wohnzimmertür vorbei. Sie versuchte jede der alten Holzstufen, die nach oben führten, lautlos zu betreten, damit ihr Knarzen sie nicht verriet. In ihrem Zimmer im Obergeschoss angekommen, schloss sie die Tür.

Unter dem weiten Kleid ihrer großen Puppe holte Melina

Petras Buch hervor und las die Geschichte von dem Ehepaar noch einmal.

„Was soll denn der Scheiß?", drangen dumpf die Worte des Vaters durch die verschlossene Tür in Melinas Zimmer. „Petra, mach das weg!"

„Du kannst es auch selber aufheben", antwortete Petra. Im gleichen Augenblick schallte ein klatschendes Geräusch durch das Haus. Melina schlich aus dem Zimmer zum Treppenabsatz und guckte nach unten.

Petra hockte auf dem Boden und sammelte etwas auf. Es waren viele kleine Splitter. Melina erkannte aber auch Papier. Das neue Mädchen musste das Bonbon in den Briefkasten geworfen haben. Nun steckte es in der Post und war dem Vater vermutlich heruntergefallen.

Bestimmt ist er darauf getreten. Schade um das leckere Bonbon, dachte Melina und hätte es gern gegessen. Petra eilte die Treppe herauf, ging an Melina vorbei, die noch immer am Treppenabsatz stand, und warf sich im Schlafzimmer auf das Bett.

Melina folgte und strich Petra über die Haare, die schluchzend flüsterte: „Ach Melina, du kleines Goldstück. Ich kann nicht mehr. Ich würde so gern durchhalten, für dich. Aber ich habe keine Kraft mehr."

„Petra, bring mir 'n Bier!", keifte die Männerstimme von unten. Petra schluchzte.

„Wenn du mich auch alleine lässt, dann werde ich auf die breite Straße laufen. Genauso wie Mama", flüsterte Melina und ging eilig nach unten in die Küche, nahm ein Bier aus dem Kühlschrank und brachte es ihrem Vater.

„Wo ist Petra?", fragte er in scharfem Ton.

„Sie hat sich hingelegt", antwortete Melina.

„Ich werde sie wecken, sie hat gefälligst da zu sein, falls ich was brauche", schnaufte er.

Melina war sich sicher, dass Petra sie verlassen würde, wenn ihr Vater jetzt zu ihr ginge. Sicher würde er Petra schlagen oder grob die Treppe herunterziehen, wie er es schon einmal gemacht hatte.

„Ach Papa, ich bringe dir alles, was du möchtest", versprach Melina und strich ihm über den Arm. Er beruhigte sich und sagte: „Komm, setz dich zu mir." Dabei schlug er mit der flachen Hand neben sich, auf die schmuddelige Couch. Melina hasste diese Couch, doch sie hätte nie gewagt nicht zu gehorchen.

Zögerlich trat sie näher.

„Wie ist es denn so, in der neuen Schule?", wollte der Vater wissen. „Bist ja jetzt ´ne Große."

„Es ist schön dort", antwortete Melina. Sie war seit dem letzten Sommer in der 5. Klasse. Schule ist schön, dachte sie, als er einen Arm um sie legte und mit der freien Hand über ihr Haar und das Gesicht fuhr. Schule ist schön. Sie stellte sich ganz angestrengt ihre Lehrerin Frau Schönfeld vor, als seine Hand über ihre Brust und den Bauch fuhr. Melina dachte an die langen braunen Haare von Frau Schönfeld und die mit Strasssteinen besetzten Spangen, die ihr Haar im Nacken zusammenhielten.

Als seine Hand in ihre Jeans fuhr, stellte sie sich vor, wie es war, als jedes Kind aus der Klasse einen Kinderriegel bekam. Melina schloss die Augen und schmeckte den zarten schokoladenen Geschmack der Süßigkeit auf ihrer Zunge. Versuchte den schweren Atem des Vaters zu ignorieren. Schluckte. Schule ist schön und Frau Schönfeld ist sehr nett, dachte Melina. Wenn ich groß bin, möchte ich auch so sein wie sie.

Er ignorierte die Tränen, die Melina übers Gesicht liefen.

Später war der Vater eingeschlafen. Melina schaute aus dem Fenster, stellte sich vor, wie es wäre, mit den anderen Kindern Federball zu spielen oder Rad zu fahren. Diese Gedanken gefielen ihr. Sein lautes Schnarchen weckte sie aus den Tagträumen. Sie musste etwas zu Essen bereitstellen, denn wenn er aufwachte, hatte er Hunger. Jedes Mal, nachdem er ihr wehgetan hatte, war sein Appetit groß. Melina hingegen hatte Bauchschmerzen, presste eine Hand auf ihren Bauch und hielt die Luft an, doch der Schmerz ließ nur langsam nach. Ihr war ganz komisch, so als ob sie sehr krank sein würde.

Zwei Scheiben Brot bestrich sie mit Margarine und legte je eine Scheibe Käse darauf. Wenn Petra Schnitten machte, legte sie immer eine Scheibe Tomaten und ein paar Kräuter auf den Käse. Wenn Melina sich viel Mühe gab und auch alles schön machte, würde der Vater Petra überhaupt nicht vermissen. Sie könnte schlafen und sich ausruhen.

Petra braucht Kraft, dachte Melina, damit sie nicht davonlief, oder wie Mama, die auf die Straße ging, obwohl dort viele Autos fuhren.

Melina öffnete leise die Tür, die hinaus in den Garten führte. Bei den alten Zechenhäusern ist es meistens so, dass eine Tür von der Küche aus in den Garten führte. Melina kannte das nicht anders, aber als Petra vor einem Jahr bei ihnen einzog, hatte sie erzählt, dass es in Häusern, die heute gebaut werden, nicht mehr so ist. Meist führt eine Terrassentür vom Wohnzimmer aus in den Garten.

Mit der Schere in der Hand trat Melina an das Kräuterbeet und schnitt einige Blätter Bärlauch sowie etwas Schnittlauch ab. Kurz blickte Melina zum Beet, auf dem die Blumen wuchsen. Dort streckten sich kleine weiße Blüten in die Höhe. Melina gefielen die kleinen Glöckchen, die sich ganz seicht im Wind bewegten. Das sind Maiglöckchen, hatte Petra gesagt. In der Geschichte aus Petras Buch schneidet die Frau einige Blätter des Maiglöckchens klein und mischt sie ihrem Mann unters Essen. Melina schnitt Blatt für Blatt ab, achtete aber sehr genau darauf, dass die hübschen Glöckchen nicht beschädigt wurden. Sie wusch die Blätter und zerschnitt sie. Wie sie es in der Schule beim Kochunterricht gelernt hatte. Wie es die Frau in der Geschichte machte.

Vielleicht passiert mit Papa das Gleiche, wie mit dem Mann in Petras Buch, überlegte Melina. Einige Kräuter streute sie unter den Käse und einige oben darauf. Dazu noch eine kleine Cocktailtomate in zwei Hälften geschnitten. Mit Pfeffer und Salz würzte sie das Brot und stellte den Teller auf ein Tablett.

Laut kreischend fuhren die Kinder auf Inlinern am Fenster vorbei. Der Vater grunzte. Melina blickte auf die Brote. Sie sahen schön aus, sie war zufrieden mit ihrem Werk.

Da wird Papa sich aber freuen, dachte Melina. Sie holte eine weitere Flasche Bier aus dem Kühlschrank und stellte sie auf den Tisch. Mit dem Flaschenöffner versuchte sie die Bierflasche zu öffnen. Dabei rutschte sie mit dem Öffner vom Kronkorken ab und die Flasche kippte. Im letzten Moment schaffte Melina es, die Flasche zu halten und wieder richtig hinzustellen. Das Scheppern der Flasche auf den Fliesen des Couchtisches weckte den Vater. Er setzte sich auf und sagte mürrisch: „Petra, ich hab´ Hunger!"

„Ich habe dir schon leckere Brote gemacht", flüsterte Melina. „Petra, mach Essen!", schrie der Vater. „Ich hole sie", sagte

Melina und lief eilig die Treppen nach oben.

Petra packte gerade ihre T-Shirts in eine Tasche und weinte.

„Bitte komm, er ruft nach dir", sagte Melina leise. Noch einige Male musste Melina bitten, dann versteckte Petra die Taschen unter dem Bett und schleppte sich kraftlos nach unten.

Der Vater aß den Rest der zweiten Schnitte und sprach mit vollem Mund: „Mach mir noch so eine, und bring mir nochen Bier."

Melina nickte und lief eilig in den Garten, um frische Kräuter zu holen. Hockte sich vor die Maiglöckchen und schnitt noch mehr Blätter als beim letzten Mal ab.

„Melina, was dauert das so lange?", fragte Petra. Sie lief auf Melina zu und flüsterte erschrocken: „Dort wächst der Bärlauch." Und deutete zur anderen Seite des Gartens, nahm Melina die Blätter des Maiglöckchens aus der Hand und schickte sie ins Haus. Wenig später war Petra wieder in der Küche.

Ohne die grünen Blätter zu waschen, schnitt sie diese mit der Schere klein. „Was ist mit meinem Brot?", brüllte der Vater aus dem Wohnzimmer. Melina ging schon ins Wohnzimmer, vielleicht schaffte sie es, den Vater noch einen Augenblick zu beruhigen. Petra trat ins Zimmer und stellte den Teller mit dem belegten Brot auf den Couchtisch.

Schade, dass Petra die Maiglöckchenblätter weggeworfen hat, dachte Melina. Ob Petra das Buch auch gelesen hat, überlegte sie weiter.

Der Vater langte nach dem Brot ohne hinzusehen, biss er ab, setzte die Bierflasche an und spülte nach. Petra hatte schon neues Bier hingestellt.

„Der Käse ist alle", sagte Petra. „Wir brauchen auch noch

Mittagessen für morgen. Ich gehe einkaufen."

„Ich gehe mit, dann kann ich ihr tragen helfen", sagte Melina leise an den Vater gewandt.

Der Vater setzte die Bierflasche ab und lehnte sich nach hinten. Auf seiner Stirn standen winzige Schweißperlen. Sein Atem ging schnell, der Brustkorb hob und senkte sich. So war es auch immer, wenn er Melina wehtat. Ein Anblick, den sie hasste. Sie drehte sich voller Ekel und Angst von ihm weg. Er blickte starr auf den laufenden Fernseher.

„Wann packst du deine Tasche weiter?", fragte Melina flüsternd, als sie sich anzogen.

„Das besprechen wir morgen, wir sollten ihn nicht unnötig reizen", antwortete Petra. „Wir werden uns jetzt erst mal um den Einkauf kümmern."

Sie gingen die Schlägelstraße entlang, vorbei an den Vorgärten der überwiegend grauen Häuser. Hin und wieder war ein Haus mit Farbe angestrichen oder geklinkert worden. Diese Häuser stachen dann vom Grau ab. Melina stellte sich vor, wie sie mit den Farben aus ihrem Farbkasten jedes Haus auf der Straße in einer anderen Farbe anmalen würde. Da sie auch die Farbe Gold hatte, würde sie das Haus, in dem sie wohnte, golden bemalen, und alle Türen bekämen einen roten Anstrich. Es war ein schönes buntes Bild, was Melina sich ausdachte.

„Hallo", sagte Petra freundlich und Anton grüßte zurück. Anton wohnte fünf Häuser neben ihnen. Er war schon alt, das fand Melina jedenfalls und sie wusste, dass er in Polen geboren wurde. Als er noch ganz jung war, kam er von Polen nach Herne, weil es dort Arbeit gab. Auch die Nachbarn von nebenan, Giorgio und seine Frau, haben nicht immer in Deutschland gelebt. Sie kamen aus Italien, das hatte Melinas Mama ihr erklärt. Sie kamen nach Herne, weil es viel Arbeit gab. Die Zechen waren in Betrieb und eigentlich hatte jeder eine Arbeit. „Wenn man dann keine Arbeit mehr hat, wird man unzufrieden und vielleicht so, wie man eigentlich gar nicht sein möchte", hörte Melina die Worte ihrer Mutter. Aber Anton und Giorgio waren immer freundlich, obwohl sie keine Arbeit hatten, genau wie ihr Papa. Ob sie ihren Kindern auch wehgetan haben, überlegte Melina. Aber sie wollte nicht an ihren Vater denken, so überlegte sie sich im Vorbeigehen für jedes Haus eine neue Farbe. Ein Haus würde dunkelgrün werden, das nächste bekam einem türkisfarbenen Anstrich. Das übernächste sollte gelb werden und dann waren sie auch schon an der Castroper Straße. Hier waren die Häuser höher und im Untergeschoss waren Geschäfte, Restaurants und die Sparkasse.

Beim Einkaufen ließen sie sich heute Zeit, keiner von beiden hatte es eilig, nach Hause zu kommen. Melina durfte sich eine Tafel Kinderschokolade mitnehmen. Süßigkeiten gab es sonst nur, wenn sie Geburtstag hatte oder an Weihnachten. Sie konnte es gar nicht abwarten, den ersten Riegel zu essen.

An der Kasse saß eine Bekannte von Petra, die fröhlich fragte: „Na, gibt es was Neues bei euch?"

„Ach, was soll´s bei uns schon Neues geben", sagte Petra und vermied es, die Kassiererin anzublicken. Auf dem Weg nach Hause aß Melina einen Schokoladenriegel nach dem anderen und Petra aß mit. Als sie die große Straße überquerten, auf der Melinas Mutter verunglückt war, legte Petra einen Arm um Melina und hielt sie an sich gedrückt.

Leise betraten sie das Haus und legten die Einkäufe in den

Kühlschrank. Auf Zehenspitzen gingen sie am Wohnzimmer entlang und lauschten. Melina wagte einen kurzen Blick, durch die geöffnete Wohnzimmertür. Der Vater schien zu schlafen, er war noch immer an die Couch gelehnt und sein Kopf lag auf der Brust. Sie huschten nach oben.

„Komm, wir machen es uns in deinem Bett gemütlich, wir könnten etwas lesen", schlug Petra vor. Melina fand die Idee toll. So lehnten sie sich mit Kissen im Rücken gegen die Wand und deckten sich mit Melinas Decke zu. Melina holte das Buch aus dem Versteck und las Petra die Geschichte vor, in der die Frau an das Geld der Lebensversicherung gelangen wollte.

„Ich habe ihm Blätter auf die Brote gemacht", wisperte Melina.

„Ich auch", hauchte Petra.

„Meinst du, er wird auch sterben, wie der Mann in der Geschichte?", wollte Melina wissen.

Petra zuckte mit den Schultern.

Melina grinste, Petra auch, hielt dann aber inne und rieb ihre Wange, die angeschwollen war und etwas schmerzte.

Melina streichelte ihre andere Wange und flüsterte: „Ich hab´ dich lieb."

„Ich dich auch, mein Goldstück."

Sie blieben oben, bis die Dunkelheit längst hereingebrochen war, dann schlichen sie nach unten. Kein Schnarchen war zu hören. Sie gingen näher heran und vernahmen auch keinen Atmen. Petra stupste ihn an, sein Oberkörper kippte auf die Couch. Erst dann rief Petra einen Krankenwagen.

Die Sanitäter stellten nur noch seinen Tod fest.

Polizisten kamen hinzu und stellten viele Fragen. Melina

und Petra antworteten. Nur das Brot, das Petra bestückt hatte, verschwiegen sie. Als die Polizisten von Melina genau wissen wollten, was sie auf die Brote des Vaters gelegt hatte, gab sie Auskunft und zeigte auf die Kräuter im Garten.

Als sie spät in der Nacht zur Ruhe kamen, gingen sie endlich schlafen. Melina wollte nicht allein sein und krabbelte unter Petras Decke und kuschelte sich an sie. „Was wird nun geschehen?", fragte sie.

„Wir sollten im Wohnzimmer ein großes Fenster einbauen lassen, mit einer Glastür, die hinaus in den Garten führt", sprach Petra.

„Ja! Und die Haustür braucht einen roten Anstrich. Denn rote Türen bringen das Glück herein", schlug Melina vor und klatschte lachend in die Hände.

DIE BAUERNHOCHZEIT
Britt Glaser

Die Leitplanken flogen an uns vorbei, Kilometer für Kilometer. Von Berlin bis Den Haag hatten wir nur das Nötigste geredet. Jetzt befanden wir uns auf der Rückfahrt nach Berlin. Meine Hände umklammerten das Steuer. Der Mann neben mir aß schmatzend Matjesbrötchen. Nach dem fünften hatte ich aufgehört zu zählen.

Kein Wunder, dass der Typ so fett war. Aber ich sollte nicht über ihn lästern, schließlich sah ich auch nicht aus wie Angelina Jolie, eher wie ihr unschönes Gegenstück.

Die Idee mit den Matjes war von mir. Unter den Fischen wollte ich „Die Bauernhochzeit" verstecken. Ein Gemälde, das aus einem Budapester Museumsraub stammte.

Der Maler Frans Hals hatte es vor mehreren Hundert Jahren gemalt. Nun war das Bild aufgerollt und steckte in einer schäbigen Papprolle.

Ich sollte es nur bei der besagten Adresse abholen und nach Berlin bringen.

Kalle fand die Idee mit dem Bild unter dem Fisch blöd und legte die Kartonrolle in eine seiner Einkaufstüten zu Lakritz und Kuchen, sodass die Pappe einige Zentimeter aus dem Beutel herausragte.

Fünftausend Euro sprangen bei diesem „Kurierdienst" für mich heraus und die brauchte ich verdammt dringend.

Mein Auftraggeber gab mir jedoch nur so wenig Zeit, dass ich nonstop hätte durchfahren müssen. Berlin – Den Haag, Den Haag – Berlin. Und da auf die Schnelle kein anderer aufzutreiben war, heuerte ich Kalle an, den ich zuvor nur einmal gesehen hatte. Über ihn wurde erzählt, er sei Spezialist, ganz egal, ob es sich um Diebstahl oder Erpressung handelte. Obendrein kannte er sich mit Gemälden aus, hatte angeblich sogar Kunstgeschichte studiert.

Aber er schien das Ganze für eine Einkaufsfahrt zu halten.

Wir hatten Holland hinter uns gelassen und waren bereits wieder auf deutschem Boden, als sie ausgerechnet unseren Wagen, die Kelle schwingend, aus dem Verkehr zogen.

Ich setzte den Blinker und fuhr rechts an den Straßenrand heran. Es war deutsche Polizei, mit Hunden, sicherlich auf der Suche nach Drogenschmugglern.

Wir sahen nicht gerade vertrauenerweckend aus, genauso wenig wie unser alter Opel. Nur gut, dass wir nicht auch noch mit einem geklauten Auto unterwegs waren.

Die Kellenschwinger wollten unbedingt einen Blick in den Kofferraum werfen. Es stank aus dem Auto und auch Kalle stank. Das ließ sich nicht verbergen.

„So viel Matjes?", fragte einer der Polizisten, als er in die Tüten blickte. Der Hund neben ihm blieb gelangweilt stehen.

„Der hält bei uns nicht lange", erwiderte ich eifrig und deutete mit dem Kopf auf Kalle.

„Was haben Sie sonst noch dabei?", wollte der Polizist wissen.

„Eine Stange West, Lakritz, Brötchen …", zählte Kalle auf. Ich fiel ihm ins Wort: „Aber die meisten hat er schon aufgegessen."

Ich räumte Lakritz und Kuchen aus einer Einkaufstüte, in der das Bild nicht steckte.

Der Polizist warf einen Blick darauf und verkündete, wir könnten weiterfahren. Bestimmt, weil es aus dem Auto so stank.

Der Dicke nahm sich noch einige Brötchen und Matjes aus

dem Kofferraum und drückte sie mir mit den Worten „Ich fahre!" in die Arme.

Er fuhr und ich riss die Brötchen auseinander, legte jeweils einen Matjes sowie Zwiebeln darauf und reichte sie ihm nach und nach.

„Das war heikel", stellte Kalle fest. „Da springt doch sicher ´n bisschen mehr für mich raus als die paar Penunzen."

„Dreißig Prozent, wie abgemacht", antwortete ich und war erstaunt, dass der Dicke so lange Sätze sprechen konnte, ohne außer Atem zu geraten. Damit hatte ich nicht gerechnet.

Meine Abfuhr kommentierte er mit einem lauten Rülpser, über den er dann auch noch köstlich lachte.

„Du benimmst dich wie ein Bauer", blaffte ich ihn an und blickte aus der Seitenscheibe.

Wir schwiegen wieder und trotz des Fisch-, Zwiebel- und Schweißgestankes schlitterten meine Gedanken hinüber in eine Traumwelt.

Irgendwann wachte ich auf, weil der Wagen zum Stehen kam. Der restliche Fisch und ein paar Brötchen lagen immer noch auf meinen Knien.

Es war bereits stockfinster. Wir waren auf einem unbeleuchteten Rastplatz und man konnte keine zwanzig Meter weit sehen. Kalle quälte seinen fülligen Körper mühevoll aus dem Fahrersitz und verschwand im spärlich beleuchteten Toilettenhäuschen.

Hätte der nicht an einer Raststätte mit McDonald´s anhalten können, ging es mir durch den Kopf.

Denn hier gab es nichts als Dunkelheit.

Nur ein einziges Auto fuhr langsam vorbei und parkte irgendwo weiter vor uns.

Kalle ließ sich Zeit. Verstopfung, tippte ich.

Die Weiterfahrt würde sicher noch etwas dauern. Also zog ich den Schlüssel aus dem Zündschloss und steuerte ebenfalls das stille Örtchen an, betrachtete die Aufschrift Damen auf der Tür und hoffte, dass die Toiletten nicht allzu schmutzig sein würden.

Da spürte ich, dass jemand hinter mir war.

Kalle?

Die starken Arme eines Mannes schlangen sich um meinen Körper.

Was sollte das jetzt?

Eine Klinge bohrte sich in meinen Hals. Ich versuchte, mich zu befreien.

Aus den Augenwinkeln nahm ich eine schwarze Motorradmaske wahr, wie Bankräuber sie manchmal trugen. Ich schrie.

Der Fremde drückte das Messer in mein Fleisch. Warm lief mir das Blut am Hals herunter.

Eine behandschuhte Hand drückte auf meinen Mund. Meine Schreie waren nur noch unterdrückte unmenschliche Laute, die von der Nacht geschluckt wurden.

Ich spürte den Atem des Mannes ganz dicht an meinem Ohr und hörte ihn stöhnen: „Wenn du brav bist, wird dir nichts geschehen."

Seine Hand lockerte sich und fuhr über mein Kinn, den Hals entlang und dann grapschte er nach meinem Busen. Scheiße, schoss es mir durch den Kopf, ich bin doch die Verbrecherin und nicht umgekehrt!

Ich tastete nach meiner Pistole, doch die war für diesen scheinbar harmlosen Auftrag zu Hause geblieben.

Da ruckte es heftig und die Arme des Maskenmannes ließen

von mir ab.

Das Geräusch, als würde eine Axt einen dicken Stamm spalten, drang erst später in mein Bewusstsein.

Da lag er nun vor dem Toilettenhaus. Blut quoll unter seiner Maske hervor. Kalle hielt eine Pistole am Lauf fest und blickte auf den Fremden hinunter.

„Na, wenigstens konnte ich noch in Ruhe scheißen", meinte er und steckte die Waffe wieder ein. Er bückte sich nach dem Messer und ließ es ebenfalls verschwinden. Dann griff er nach den Beinen des Mannes.

„Los, ins Gebüsch mit ihm!"

Ich fasste mit an und wir schleiften den ohnmächtigen Körper einige Meter in die Dunkelheit.

Ich zitterte. Kalle sah es und nahm mir den Autoschlüssel ab. Selbst wenn ich gewollt hätte, war ich nicht in der Lage zu fahren. Mein ganzer Leib schlotterte.

Eilig reihten wir uns zwischen die wenigen anderen Autos in Richtung Berlin ein.

„Passiert dir so was eigentlich oft, dass man dich retten muss?", sagte er und grinste mich an.

Irgendwie gefiel mir der Kalle plötzlich.

„Du bekommst die Hälfte des Geldes", sagte ich und schaute ihn dankbar an. „Und noch ein Matjesbrötchen! Zufrieden?"

AUS DEN FUGEN GERATEN
Brigitte Vollenberg

Niklas stand an der Haustür und winkte seinem Vater nach, bis der LKW hinter der Biegung verschwunden war. „Und denke daran, du bist in den nächsten Tagen der Mann im Haus. Du musst mich vertreten. Am Freitagabend werde ich wieder bei euch sein. Steh deiner Mutter zur Seite und hilf ihr im Haus und im Garten", hatte der Vater in einem „Gespräch unter Männern" seinem Sohn aufgetragen.

Sabine drehte ruckartig ihren Kopf zur Seite. Marc, der auf ihr lag, hinderte sie daran, zu atmen. Sie rang nach Luft. Ihre Finger krallten sich in die Schultern ihres Liebhabers und sie versuchte, ihn von sich wegzuschieben. Sein Körper bebte. Gerade noch hatte sie die zarten Liebkosungen von ihm in ihrer Halsbeuge gespürt. Jetzt drang ein unnatürlicher Laut aus seinem Mund direkt in ihr linkes Ohr. Er hob seinen Kopf an und bäumte sich leicht auf. Sabine riss ihre Augen auf und versuchte, in der Dunkelheit etwas zu erkennen. Marcs Körper erschlaffte und sein Kopf schlug mit voller Wucht auf ihr Gesicht. Der stechende Schmerz in ihrer Nase raubte ihr die Sinne. Die Schwere seines Körpers drückte sie in die Matratze. Sabine wehrte sich panisch. Strampelte mit ihren Beinen, strengte sich an, Marc zur Seite zu schieben. „Geh weg", schrie sie. „Ich will dass nicht! Lass das!" Sie ballte die Fäuste und schlug auf seinen Rücken. Marc regte sich nicht. Eine warme Flüssigkeit lief ihr über die Wange und den Hals entlang. Mit ihrer linken Hand versuchte sie, die Lampe zu erreichen, die auf dem Nachttischschränkchen stand, aber ihre Finger griffen immer wieder ins Leere. Schließlich gelang es ihr, sich unter dem schweren Körper hervorzuwinden. Sie rutschte vom Laken herunter und fiel auf den weichen Bettvorleger. Auf allen Vieren entfernte sie sich vom Bett und stand auf, stolperte über die auf dem Boden verstreut liegende Kleidung und machte endlich Licht. Bei dem Anblick, der sich ihr bot, kreischte sie laut auf. Ihre Hand fuhr zum Mund, strich über ihr Gesicht. Mit kreisenden Bewegungen und gespreizten Fingern rieb sie sich über Wangen und Kinn. Starr vor Entsetzen blickte sie auf ihre blutverschmierten Hände. Aus ihrer Nase tropfte Blut und hinterließ hässliche Spuren auf dem weißen Teppich. Sabine atmete schneller. Kurz und hektisch sog sie die Luft ein. Sie hyperventilierte. Verschwitzt vom Liebesakt, nackt, mit blutigen Händen und wirren Haaren, krampfte sich ihr Körper zusammen. Angst nahm von ihr Besitz und sie begann zu zittern. Ihr Brustkorb fühlte sich an, als würde er von einem starken Seil zusammengeschnürt. Sie schlang die Arme um ihren Körper und verharrte in dieser Stellung. Ihre Blöße war ihr unangenehm und sie griff nach dem karierten Hemd, das Marc am Abend lässig über den Stuhl geworfen hatte. Was ist hier passiert? Was ist mit Marc? Wie in Trance trat sie vorsichtig einen kleinen Schritt näher an das Bett heran. Sie streckte ihren Arm aus. Traute sich aber nicht, den nackten Männerkörper zu berühren, den sie vor wenigen Minuten mit allen ihren Sinnen gespürt hatte. Auf der gegenüberliegenden Bettseite waren Kissen und Laken blutig. Jetzt sah sie Marcs Wunde auf dem Rücken. „Marc", sagte sie leise. „Marc, was ist?" Das Messer mit blutverschmierter Klinge auf dem Boden versetzte ihr einen weiteren Schock. Sie riss ihre Augen auf, erstarrte und unterdrückte einen Aufschrei.

Der nächste Gedanke galt ihren Kindern. Was ist mit meinen Kindern?

Sie trat vorsichtig in den Flur. War der Einbrecher noch da? Was wollte er von ihnen?

Waren es mehrere? Sabine griff Niklas Baseballschläger, den sein Onkel ihm aus den USA mitgebracht hatte. Er steckte in der Bodenvase neben der Kommode. Sie schlich zu Beckys Zimmer. Barfüßig setzte sie einen Fuß vor den anderen und trat vorsichtig auf den Holzboden. Immer wieder tropfte Blut aus ihrer Nase und hinterließ Spuren. Gleich müsste die knarrende Diele kommen, dachte sie. Nur nicht darauf treten. Doch ihre Anspannung war zu groß. Ihren Fuß setzte sie natürlich genau auf die Stelle, die quietschte. Sie blieb stehen. Lauschte. Ein Blick in das Mädchenzimmer. Das Bett war leer. Die Tür zu Niklas` Zimmer war nur angelehnt. Er schlief nur mit geschlossener Tür. Warum war die Tür jetzt auf? Ein leichter Stoß gegen das Türblatt und es schwang zur Seite. Niklas` Bett war auch leer. Vorsichtig und aufmerksam schlich sie durch die obere Etage. Immer wieder blieb sie stehen und horchte nach Geräuschen im Haus. Sie sah sich im Bad um, und dann trat sie schließlich an die Treppe. Ihr Herz schlug so rasend schnell und laut, dass sie glaubte, der Einbrecher müsse es hören. Mit beiden Händen umschloss sie nun den Baseballschläger. Sie hielt ihn erhoben, jederzeit bereit zuzuschlagen. Vorsichtig schritt sie die Treppe hinunter, trat in die Diele. Sie kontrollierte die Haustür. Diese war abgeschlossen und von innen verriegelt. Als Nächstes überprüfte sie die Balkontür im Wohnzimmer. Auch sie war verschlossen. Wie war der Fremde hier hereingekommen? Durch den Keller? Sie drückte die Klinke der Kellertür herunter. Sie war verschlossen und der Schlüssel steckte. Jetzt machte sie Licht. In der Diele vor dem Spiegel blieb sie stehen und schrie auf. Sie erschrak vor ihrem Spiegelbild. Der Baseballschläger fiel polternd auf den Holzboden und unterbrach die Stille ein zweites Mal. Jetzt rief sie laut die Namen ihrer Kinder. „Niklas, Becky!" Panikartig raste sie wieder die Treppe hinauf. Lief noch mal von Zimmer zu Zimmer. Als sie in Niklas` Reich stürzte, machte sie Licht und entdeckte die Daunendecke mit den Automotiven unter dem Kinderschreibtisch. Sie zerrte an der Decke. Becky und Niklas kauerten sich darunter. Beim Anblick ihrer Mutter schrien die beiden Kinder auf, als hätten sie ein Gespenst gesehen. „Alles wird gut", flüsterte sie. „Alles wird gut." Sabine quetschte sich zu ihnen unter den Tisch. Sie nahm ihre Kinder in die Arme und versuchte, sie mit tröstenden Worten zu beruhigen. Niklas rückte von seiner Mutter ab und blickte auf das fremde karierte Hemd.

„Komm näher zu mir", sagte sie. Doch Niklas blieb entfernt sitzen und zog seine Knie bis ans Kinn hoch und umschloss sie mit seinen Händen.

„Was ist mit deinen Händen?", fragte sie. Niklas streckte die Hände vor und starrte sie an.

„Nichts", antwortete er und steckte die Hände unter die Bettdecke.

„Niklas! Bist du verletzt?"

„Nein. Du, Mama, bist verletzt. Du bist auch ganz mit Blut beschmiert."

„Nein, mir geht es gut", sagte sie. „Das ist nichts. Nasenbluten. Nur Nasenbluten."

Sabine wurde mit einer Realität konfrontiert, die in ihr eine Mischung aus Angst, Sorge, Panik, Unverständnis und Verzweiflung hervorrief. Eine böse Ahnung ergriff sie.

„Ihr bleibt hier und rührt euch nicht von der Stelle", sagte sie. „Mama ist gleich wieder da." Becky klammerte sich an das fremde Hemd ihrer Mutter und wollte sie nicht gehen lassen.

„Ist der Einbrecher weg?", fragte sie. Sabine drückte ihre Tochter ganz fest an sich. „Es ist alles gut, keine Angst, meine Kleine", flüsterte sie. „Niklas ist ja bei dir."

Sie ging zum Schlafzimmer. Vor der Tür blieb sie stehen und zögerte einen Moment, bevor sie eintrat. Langsam näherte sie sich dem Bett.

„Marc", flüsterte sie und legte zwei Finger ihrer rechten Hand auf die Halsschlagader. Sie fühlte nichts. Sabine verließ das Zimmer, steckte den Schlüssel von außen in die Tür und verriegelte sie. Den Schlüssel ließ sie in die Blumenvase fallen, in der vorher der Baseballschläger gesteckt hatte.

Im Bad riss sie sich das mit einem Knopf geschlossene Hemd vom Körper. Der Knopf sprang ab. Sabine zog einen Waschlappen aus dem Regal, tränkte ihn mit kaltem Wasser und wusch sich das Gesicht. Ihre Nase war geschwollen. Hoffentlich war sie nicht gebrochen. Das Nasenbluten hatte aufgehört, aber der Schmerz in ihrem Gesicht war schrecklich. Sie stützte sich aufs Waschbecken, näherte sich mit ihrem Gesicht dem Spiegel. „Warum hat Niklas Blutspuren an seinen Händen?", fragte sie ihr Spiegelbild. „Kann es denn wirklich sein? Niklas? War er im Schlafzimmer? Was hat er gesehen? Waren beide Kinder im Schlafzimmer gewesen?"

Was passierte gerade in diesem Haus, in ihrem Leben?

Die fantastischen Abenteuer des Ludolfus den Witteringe

Brigitte Vollenberg, Britt Glaser,
Dirk Juschkat, Harald Landgraf
Books on Demand
ISBN 978-3-7504-2223-0
9,90 Euro

Vier findige Literaten, zwei Zeitebenen, eine Geschichte.
Mit Ludolfus de Witteringe fanden Brigitte Vollenberg, Britt Glaser, Dirk Juschkat und Harald Landgraf eine historische Figur, die ermöglichte, Gegenwart und Geschichte zusammenfließen zu lassen. Was wäre, wenn der Ritter von Wittringen damals, vor etwa 800 Jahren, zu einem literarischen Fest eingeladen hätte und man aus der Jetztzeit in die Vergangenheit reisen könnte?
Ein Gedanken-Experiment führt Gäste in die mittelalterliche Welt von Rittern, Zank und Zauberei …

Piranhas im Schlossgraben

Brigitte Vollenberg,
Dirk Juschkat
Books on Demand
ISBN 978-3-7528-2432-2
9,99 Euro

Piranhas im Schlossgraben? Eher unwahrscheinlich. Oder? Die Geschichten, am Wegrand des Lebens aufgelesen, sind so vielfältig wie sonderbar. Sorgfältig ausgesuchte Gedichte umrahmen die Texte, sind in ihnen integriert und unterstreichen die heiteren und skurrilen, aber auch mal ernsten und kriminellen Geschichten. Erinnerungen werden wach. Ja, das habe ich auch schon einmal erlebt, werden Sie denken. Vielleicht hoffen Sie auch, dass Ihnen diese oder jene außergewöhnliche Begebenheit nicht widerfährt. Und genau durch diese Mischung entsteht der Spaß am Lesen. Lassen Sie sich überraschen.

Die Soko Ki
– Ferien, Freunde, Einbrecher

Brigitte Vollenberg
Books on Demand
ISBN 978-3-7534-5794-9
12,90 Euro

Emil zieht in ein barrierefreies Haus. Ob er neue Freunde finden wird? Auf der Gartenparty seiner Eltern lernt er Marlene und Faris kennen. Zusammen mit Kathi, einer Freundin aus Grundschultagen, schließen die vier schnell Freundschaft und verbringen gemeinsam eine Ferienwoche. Herr Kalikinsky, Emils schrecklicher neuer Nachbar, tritt in ihren Fokus. Es passieren merkwürdige Dinge. Zudem machen Einbrecher die Wohngegend unsicher. Die Freunde bilden ein Ermittlerteam und nennen sich die Soko Ki. Ihr Spürsinn ist geweckt und sie wollen die Einbrecher zur Strecke bringen.

Ein spannendes Buch für junge Leser ab 8 Jahren, das sich auch aktuellen gesellschaftlichen Problemen stellt.

Das Herz von Arkamoor – auf der Suche nach dem verlorenen Stein

Britt Glaser
Schweizerhaus Verlag
ISBN 978-3-68332-031-7 (Band 1)
ISBN 978-3-86332-055-3
14,90 Euro

„Das Herz von Arkamoor – Auf der Suche nach dem verlorenen Stein" ist eine Geschichte, die weit vor unserer Zeitrechnung spielt, als noch Geschöpfe mit den Menschen lebten, die uns heute verborgen bleiben. Möglicherweise gibt es den Einen oder Anderen, der diese Wesen noch immer sehen kann, oder sogar ihre Namen kennt? Der weiß, wo sie leben. Vielleicht!

Aber dann, und da bin ich mir sicher, können es nur Menschen sein, die mit dem Herzen sehen ...

Fabian trifft im Wald auf einen Drachen, damit beginnt für ihn ein Abenteuer, das ihn ins ferne Drachenland führt. Auf seiner Reise durchlebt er Gefahren, die ihn zu einem verantwortungsbewussten jungen Mann heranreifen lassen. Er erkennt, dass Liebe, Mut, Vergebung, sowie Freundschaft Güter sind, ohne die man im Leben nicht weiterkommt.

„Das Herz von Arkamoor" Es ist ein Fantasy-Roman für Kinder ab ca. 10 Jahre.

Brigitte Vollenberg

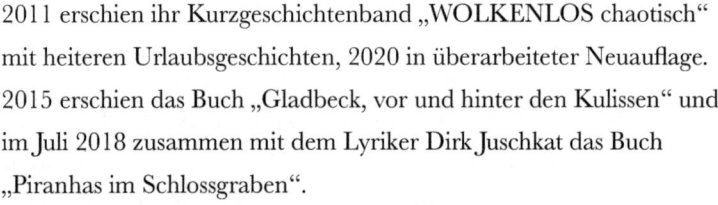

E-Mail: brigitte@vollenberg.de
www.brigittevollenberg.de

Meistens ist es Mord, aber nicht immer.
Die Ideen für Kurzgeschichten findet
Brigitte Vollenberg am Wegrand des
Lebens. Doch ein in harmloser Absicht
begonnener Text mutiert oftmals zum
Krimi. Seit 2009 hat sie mehr als 300 Texte
verfasst, von denen 140 in Anthologien und Literaturzeitschriften
veröffentlicht wurden.
2011 erschien ihr Kurzgeschichtenband „WOLKENLOS chaotisch"
mit heiteren Urlaubsgeschichten, 2020 in überarbeiteter Neuauflage.
2015 erschien das Buch „Gladbeck, vor und hinter den Kulissen" und
im Juli 2018 zusammen mit dem Lyriker Dirk Juschkat das Buch
„Piranhas im Schlossgraben".
Neben Nominierungen zur Vestischen Literatureule und einem
Publikumspreis 2013 mit dem Text „Der Toten Ruhe trügt" zählen bei
den Ruhrfestspielen Recklinghausen ihre Beiträge in drei aufeinander-
folgenden Jahren (2014 – 2016) zu den Siegertexten.
Der Kurzkrimi „Tag des Rentners" belegte bei der Ausschreibung des
Ortsmarketing Raesfeld den 1. Platz (2016).
Im März 2021 erschien ihr erster Krimi für junge Leserinnen und
Leser: „Die Soko Ki – Ferien, Freunde, Einbrecher".
Seit 2013 bietet Brigitte Vollenberg Kurse zum Kreativen Schreiben
für Schulkinder aller Altersstufen im Rahmen des Schulprojektes
-Kultur und Schule- an, sowie Kurse für erwachsene Schreibeinsteiger.

Britt Glaser

E-Mail: britt_glaser@web.de
www.britt-glaser.hpage.de

Meistens ist es Mord, sagt man Britt
Glaser nach, doch sie trägt neben dem
Hang zum Kriminellen und aus dem
Leben gegriffenen auch die Liebe zum
Fantastischen in sich. In Form von
Kurzgeschichten, Gedichten und
Romanen wurden diese seit 2009 veröffentlicht.

2011 erreichte sie mit der Geschichte „Der erste Urlaubstag" den 2.
Platz des Literaturpreises „Dorstener Lesezeichen".

Das Gedicht „Wahres Leben" wurde vom „Literarischen Arbeitskreis
Dorsten" zum Gedicht des Monats Oktober 2012 gekürt.

Die Geschichten „Nachtschatten" und „Die alte Frau" erreichten im
November und Dezember 2013 jeweils den 2. Platz beim Corona
Magazine.

2017 wurde sie für die Vestische Literatureule der neuen literarischen
Gesellschaft nominiert.

Neben Kurzgeschichten und Gedichten verschiedener Genre, die in
Anthologien abgedruckt wurden, erschien im Oktober 2014 Band 1
ihres Kinder- und Jugendbuchs „Das Herz von Arkamoor - Auf der
Suche nach dem verlorenen Stein" und 2019 Band 2 „Das Herz von
Arkamoor – Gesang der Ketanuren".

Seit 2015 leitet sie zudem mit großer Freude Schreibwerkstätten für
Kinder im Bereich Kreatives Schreiben.

Satz & Titelgestaltung: Nora Bojarra

182